デザイン／BEE-PEE

君が電話をかけていた場所

目次

僕が電話をかけていた場所

目次

僕が電話をかけていた場所

三秋 縋
イラスト／loundraw

岩隈ひさしの広域指定暴力団

第7章　夏の大三角、あるいは大四角

前日から降り続いていた雨は、午後になってようやく止《や》んだ。あちこちに水溜《みずた》まりのできた道路を慎重に歩いていると、自転車に乗った子供たちが次々と後ろからやってきて僕を追い越していった。一人《ひとり》が何事かを叫びながら指さす先には、くっきりとした大きな虹《にじ》があった。僕は立ち止まってその虹を数秒間眺めた。再び歩き出そうとして視線《しせん》を下ろすと、既に子供たちの姿はなかった。

ひょっとすると、あの子供たちは虹の端を探しにいったのかもしれないな、と僕は思った。

虹の端には黄金が一杯につまった壺《つぼ》がある、という迷信がある。僕はこの話があまり好きではない。美しいものの下には美しいものが埋まっているという考え方が気に入らない。僕もまた、桜の樹《き》の下には屍体《したい》が埋まっていてほしいと考える人間の一人なのだ。

ただ美しいだけのものは、僕を不安にさせる。その美しさの帳尻《ちょうじり》を合わせるために、世界のどこかで割を食っている人がいるんじゃないかと不安になる。虹の根元には墓地があるといいな、と僕は思う。あの鮮《あざ》やかな七色《なないろ》は、数十数百の骨壺によってもたらされているということにしてほしい。そうすれば、僕も少しは虹の美しさを無邪気に受け入れられるかもしれないから。

町立の図書館《としょかん》を訪れた僕は、そこで幽霊《ゆうれい》を探している女の子と再会した。僕が百円玉を手にして自販機《じはんき》の前に立ちジュースを選んでいると、もう一台の自販機の前に日傘をさした女の子がいるのが目に入った。彼女は僕と同じように百円玉を手にしたまま、人生の重大な選択を迫られているかのような顔で自販機を眺めていた。僕の視線に気づいた彼女は、傘を上げて僕の顔を見た。

「あら、おにいさん」女の子は目を見開き、それから小さく頭を下げた。「こんにちは。こんなところで会うなんて意外ね」

「君も、一日中幽霊を探しているっていうわけではないんだな」

「ところが、そうでもないのよ」彼女は小脇《こわき》に抱えていた鞄《かばん》を掲げていった。「今日《きょう》借りた二冊は、どちらも幽霊に関する本なの」

「素晴《すば》らしい」と僕は賞賛《しょうさん》した。

「馬鹿《ばか》みたいだと思ってるんでしょう？」彼女は口を曲げた。「いいのよ。私、事実馬鹿だから。学校の成績《せいせき》もよくないし」

「皮肉をいったつもりはないよ。本当に素晴らしいと思ったんだ。卑屈にならないでくれ」

女の子はしばらく無言で僕を睨《にら》んでいたが、ふっと表情を緩《ゆる》め、図書館に面した歩道のベンチを指さした。

「よかったら、少し、お話ししていかない？」

僕たちは自販機でジュースを買い、ベンチに並んで腰かけてそれをゆっくりと飲んだ。図書館の裏の林からは耳が痛くなるくらいの蝉《せみ》の鳴き声が聞こえた。

「ところで、君は幽霊をどんな存在だと考えているんだ？」と僕は訊《き》いた。「人それぞれ、幽霊観《ゆうれいかん》みたいなものがあるじゃないか。近くで見守ってくれる存在だという人もいれば、恨《うら》みを持って人を呪《のろ》い殺す存在だという人もいる。生きている人間には干渉しない、ただそこにいるだけの存在だという人もいる。君の幽霊観が知りたいな」

「いったでしょう、もともと幽霊なんて信じていないわ。UFOでもUMAでも、なんだっていいのよ」彼女は澄《す》ました顔でいった。「ただ……美渚町《みなぎさちょう》って、幽霊に関する話が豊富じゃない？　だからさしあたり、幽霊を探すことにしてるのよ」

「じゃあ、質問の仕方を変えよう。君は、幽霊がどんな存在だったらいいと思ってる？」

女の子はジュースを一口飲んで空を仰《あお》いだ。濡《ぬ》れた唇が、陽光で白くきらめいた。

「そうね……私としては、幽霊には、ひどく苦しんでいて、生者を憎悪していて、自分の境遇を嘆き悲しんでいる、そんな存在であってほしいわ」

「なぜ？」

「もしそうだったら、生きていることが、ちょっとはましに思えるでしょう？」彼女は空を見上げたままいった。「幽霊が皆、安らかな顔で生者を見守るような存在だったら、私は彼らが羨《うらや》ましくて幽霊の仲間入りをしたくなっちゃうでしょうね」

「なるほど。一理あるな」

僕の同意が嬉《うれ》しかったのか、女の子はベンチの下で足を揺らした。

「私が年を取ったら、今とは正反対のことをいうようになるのかもしれないけれど」

「間近に迫りつつある死を肯定するために？」

「そういうこと」彼女は日傘の下で微笑《ほほえ》んだ。「おにいさんは、私みたいな変人の話をきちんと理解しようとしてくれるのね」

「僕は自然に話してるつもりだ。話が合うということは、君は変人じゃないということだろう。もしくは僕も変人ということだ」

「後者よ。間違いないわ」

彼女はくすくす笑った。

「そういえば」と僕はいった。「一ついい忘れてたけど、僕は〝おにいさん〟なんて年じゃない。君と同い年だ」

女の子は僕の顔を覗《のぞ》き込んだ。

「二つか三つは年上だと思ってたわ」彼女は目を泳がせながらぼそぼそといった。

「……でも、年上ということにしておいてくれないかしら？」

「別にいいけれど、なぜ？」

女の子は僕から目を逸《そ》らした。「同い年の男の子と話していると思うと、緊張《きんちょう》して朝食べたものを戻しそうになるのよ」

僕は思わず噴《ふ》き出した。「わかったよ。年上ということにしておこう」

「ええ、そうしてくれると助かるわ」彼女は瞼《まぶた》を閉じて溜《た》め息《いき》をついた。それから気を取り直したように明るくいった。「ねえ、私、おにいさんの話も聞いてみたい」

「僕の話？」

「私ばかり話すのは不公平だわ。おにいさんも、何か話して」

僕は考え込んだ。自分のことを話すのは苦手だ。自分に関心を持っている人間などいないという前提のもとに生きているから、常人と比べて「自分の話」のストックが極端に少ないのだ。

結局、他《ほか》に話題らしい話題もなかったので、僕は目下の関心事について開け広げに話すことにした。

「最近、よく、夜中に星を見にいくんだ」

「あら、素敵《すてき》ね。おにいさんにそんな趣味《しゅみ》があったなんて」

「いや、僕の趣味じゃない。僕はあくまで付き添いなんだ」

「ふうん。楽しそうね」彼女は拗《す》ねたような顔でいった。「どうせ女の子と一緒《いっしょ》なんでしょう？」

「女の子もいるし、男もいる」

「やっぱり友達が多いのね」彼女は肩を落とした。「裏切られた気分だわ」

「いっておくけど、僕の友達は君を含めても全部で五人くらいだよ」と僕は苦笑いしていった。「寄せ集めの集団でね。メンバー全員と知り合いなのは僕だけで、仲を取り持つのにいつも苦労してる」

彼女は僕の顔をじっと見つめた。

「そういうの、おにいさんには向いてなさそう。疲れるでしょう？」

「ああ。死ぬほど疲れる」

彼女は途端《とたん》に頬《ほお》を緩めた。「慣《な》れないことに手を出すからよ。いい気味だわ」

「まったくだ」と僕は同意した。

帰宅後はラジオを音楽番組に合わせ、図書館で借りた本を読み続けた。窓を開け放して扇風機を回してもシャツに汗染みができるくらいの暑さだった。夕食を終えて風《ふ》呂《ろ》に入ると、すぐに布団に入った。午前一時、枕元《まくらもと》の時計《とけい》のアラームが鳴った。僕はむくりと起き上がり、手早く支度《したく》をして家を出た。

夜中だというのに、道中のあちこちで蟬が鳴いていた。街路灯の明かりといつまで経《た》っても抜け切らない暑さのせいで今を昼間と勘違いしているのかもしれない。あるいは、日中に鳴くことができなかった蟬たちが夜になって遅れを取り戻そうとがんばっているのかもしれない。最近は暑さのピークの時間帯になると蟬が一斉に鳴き止むという現象がよく見られる。当たり前といえば当たり前だが、蟬もあまり極端に暑いのは苦手なのだろう。

今年《ことし》の夏の暑さは、はっきりいって異常だ。ニュースは連日のように最高気温の更新を報じ、大人《おとな》たちもこんなに暑い夏は生まれて初めてだと口々にいっている。梅雨《つゆ》時期の降雨量が平年の半分以下だったせいもあって、全国各地で渇水が起きており、いくつかの地域では夜間断水を行っているという。近頃救急車のサイレンを聞くことが多いのは、熱中症《ねっちゅうしょう》で倒れる人が増えているせいかもしれない。

時折どこからともなくまとわりついてくる蜘蛛《くも》の巣を手で払いながら歩き続けているうちに、初鹿野《はじかの》唯《ゆい》の家に着いた。予想通り、既に荻上《おぎうえ》千草《ちぐさ》が門の脇で待機していて、僕に気づくと小さく手を振ってきた。外出時はいつも律儀《りちぎ》に制服を着ていた千草だが、この時間に制服姿ではかえって怪しいと思ったのだろう、今日は細いストライプの入ったシャツワンピースを着ていた。

「今日は私服なんだな」

僕が指摘すると、千草はワンピースの裾《すそ》を摘《つま》んで困ったような顔で訊いた。「変じゃありませんか？」

「変じゃない。よく似合ってる」

「そうですか。似合ってますか」

千草は体を左右に小さく揺らして笑った。

連日の暑さについて千草と話していると、勝手口が音もなく開き、初鹿野が姿を現した。初鹿野は僕の顔を見て、それから千草の顔に視線を移した。千草が「こんばんは、初鹿野さん」と微笑みかけると、初鹿野は無言で小さく頭を下げた。

三人が揃《そろ》ったところで、僕たちは鱒川旅館《ますかわりょかん》に向かった。屋上に通じる扉を開くと、一足先に到着していた檜原裕也《ひのはらゆうや》が天体望遠鏡《ぼうえんきょう》の組み立てを行っていた。彼は僕たちがやってきたのを見ると「おう」とだけ挨拶《あいさつ》をし、それから初鹿野に手招きをした。「初鹿野、早く手伝《てつだ》え」

初鹿野が望遠鏡の脇に立つと、檜原は指示を始めた。「さあ、ファインダーの調整《ちょうせい》の仕方は前回教えた通りだ。今日こそ一人でできるよな？」

初鹿野は無言でこくりと頷《うなず》いた。

黙々《もくもく》と天体望遠鏡の調整をする初鹿野とそれを見守る檜原を、僕と千草はやや離《はな》れたところから眺めていた。千草はちらちらと僕の横顔を覗き見て、複雑そうな笑《え》みを浮かべた。

「どうしてこんなことになったんでしょうね？」

そう、どうしてこんなことになってしまったのか？

僕は記憶《きおく》を辿《たど》り、発端となったあの日に思いを巡らせた。

＊

時間は初鹿野と電話が繋《つな》がった日にまで遡《さかのぼ》る。初鹿野のいた無人駅の公衆電話と僕の自宅の固定電話のベルが同時に鳴った、あの日だ。

やっとのことで初鹿野とまともに会話をする機会を得た僕は、この数年間ずっと胸に抱いていた想《おも》いを彼女に打ち明けた。それに対する彼女の返答を聞く前に電話は切れてしまったけれど、ひとまず、二人《ふたり》の間にあった擦《す》れ違《ちが》いはある程度解消されたようだった。初鹿野が僕を嫌っているわけではないことがわかったし、僕が初鹿野を憐《あわ》れんでいるわけではないことをわかってもらえた。それだけでも、大きな前進だった。

その夜、午前二時ちょうどに、僕は初鹿野の家を訪れた。

五分とせずに勝手口から出てきた初鹿野は、僕の姿を認めて足を止めた。

僕が軽く右手を上げて挨拶をすると、彼女はものいいたげな表情で僕をじっと睨んだ。しかしその表情に、以前のような敵意や嫌悪感はなかった。見方によってはただの照れ隠しにさえ見えた。

「さあ、今日も一緒に星を見にいこう」と僕はいった。「あの流れ星の晩みたいに」

初鹿野は呆《あき》れ顔《がお》で小さく肩を竦《すく》め、「いいよ」とも「嫌《いや》だ」ともいわず無言で歩き出した。僕はここにきて初めて、彼女の後ろを尾《つ》けるのではなく、彼女の隣《となり》を歩いて廃《はい》墟《きょ》にいくという経験をした。

屋上の椅子《いす》に腰かけて空を仰いでいる初鹿野に、僕は何気なく訊いた。

「こんなに星を見るのが好きなのに、天体望遠鏡は使わないのか？」

「使いたいよ」と彼女は素直に答えた。「でも、あれは高価なものだから」

「なるほど」僕は頷いた。それから、ふと思いついていった。「そういえば、僕の知人に、そこそこ値が張る天体望遠鏡を持っているやつがいたな」

案の定、初鹿野はこれに食いついた。「……ほんと？」

「ああ。よかったら借りてこようか？」

彼女は押《お》し黙《だま》った。しかし初鹿野が即座に否定しないというのは承諾と同義だろう、と僕は思った。沈黙は彼女なりの精一杯の抵抗なのだ。

「よし、任せてくれ。明日《あした》の晩までには用意する」

反応らしい反応は期待していなかったが、二つばかりの流れ星を見送った後、初鹿野はほとんど聞き取れないような小声でいった。

「……ありがとう」

「どういたしまして」僕は大袈裟《おおげさ》に頭を下げた。「礼をいってもらえるとは思わなかった。今のは、帰ったら日記に書いておこう」

「そう」

初鹿野は不機嫌《ふきげん》そうにそっぽを向いた。

翌朝、僕は眠い目を擦《こす》りながら炎天下を歩いていき、檜原の家を訪れた。

店の軒下にいくつも並んだ植木鉢の花は、もれなく無惨に枯れていた。窓の面格子《めんごうし》に巻きついた朝顔だけが、元気よく青や紫の花を咲かせていた。薄香色《うすこういろ》のモルタル壁《へき》はもう何年も塗り替えられていないらしく、ところどころ黒ずみひび割れている。入り口には「居酒屋」と書かれた提灯《ちょうちん》が垂れ下がり、表に出ている白い電飾看板には紺《こん》色《いろ》の字で「しおさい」と店名が記されている。二階の出窓の下に取りつけられた室外機が、からからと異音を立てていた。

まだ十時前ということもあって、蟬の鳴き声は控えめだった。僕は軋《きし》む門扉《もんぴ》を開けて住居側の玄関に回り、呼び鈴を鳴らした。三十秒数えてからもう一度呼び鈴を押したが、返事はなかった。

家の裏手から聞き慣れたエンジン音がした。様子《ようす》を見にいくと、狭くごちゃごちゃとしたガレージの中で檜原がスクーターを弄《いじ》っていた。オイル交換をするのだろう、スクーターの脇にはオイルジョッキやボックスレンチ、カットしたペットボトルなどの道具が散らかっていた。

「手伝おうか？」と僕は声をかけた。

檜原は振り返り、僕の姿を見ると「おお、深町《ふかまち》か」と目を丸くした。「お前が訪ねてくるなんて珍しいな。……ああ、もしかして、三日前の仕返しにきたのか？」

「それも悪くないな」僕は倉庫の隅に落ちていたモンキーレンチを拾い上げ、先端で手のひらを叩《たた》いた。「でも、今日は別の用があってきた。檜原、確《たし》かお前、天体望遠鏡を持ってたよな？」

「ああ、持ってる。それがどうかしたのか？」

「ちょっとの間、僕に貸してほしいんだ」

彼は腕で額《ひたい》の汗を拭《ぬぐ》った。

「藪《やぶ》から棒《ぼう》だな。なんだ、あれだけ俺《おれ》の趣味を馬鹿にしてたくせに、今になって天体に興味《きょうみ》が出てきたのか？」

「馬鹿にした覚えはないよ。それと、天体に興味があるのは僕じゃない。知人に、星を見るのが好きなやつがいるんだ」

檜原は口を半開きにして僕をじっくりと眺めた。

「悪いが、貸す気はない。大事なものだからな、何も知らない素人《しろうと》には触らせたくないんだ」

そういうと、檜原は作業に戻った。温まったエンジンを止めてビニール手袋を着け、ドレンボルトを外し、垂れてきたオイルをペットボトルで受ける。古いオイルを出し尽くすと再びボルトを締《し》め、オイルフィラーキャップを外してジョッキから新しいオイルを注《つ》ぎ込む。キャップを閉めるとエンジンをかけ、またしばらく放置する。中学時代に何度も手伝いをしたせいで、僕もその作業工程をすっかり覚えてしまっていた。

「どうしても必要なんだ。相応の礼はする。先日の件にも目をつむる。壊《こわ》さないように細心の注意を払って取り扱う」

「使い方がわかるのか？」

「今から勉強する」

「勉強してからこい」

「急を要するんだ。頼む、真剣なお願《ねが》いだ」

「お前がそんな風に人に頼みごとをするなんて、らしくないな」檜原は意外そうにいった。「もしかして、女絡みか？」

「見方によっては」と僕は答えを濁《にご》した。

「じゃあ、なおさら貸すわけにはいかないな。俺の大切な望遠鏡を、女の気を引くためなんかに使ってほしくない」

僕は小さく肩をすぼめた。「昔、世話になった女の子がひどく落ち込んでるんだ。

普段《ふだん》はずっと部屋《へや》にこもってるんだけど、星を見るためだけに夜中外出する。星空を見上げている間だけは、安らかな気持ちになれるみたいなんだ。僕は彼女の手助けをしてやりたい」

檜原はスクーターのエンジンを止め、オイルフィラーキャップを外してウエスで拭《ふ》き取り、再びそれを差し込んでオイルの残量を確かめた。十分な量が補充されたことを確認すると、彼はキャップをきつく締めてビニール手袋を外した。

スクーターをガレージの奥に寄せて停《と》めた後、檜原は壁《かべ》に立てかけられた折り畳み式のテーブルを持ってきて僕の前で組み立てた。傷だらけの木製のテーブルの前で膝《ひざ》をつくと、彼は袖《そで》をまくって肩を出した。

「いいか？　ルールは単純だ」と檜原はいった。「これから腕相撲《うでずもう》をする。何回再挑戦してもいい。一回でもお前が勝ったら、そのときは望遠鏡を貸してやる」

「腕相撲？」と僕は訊き返した。「そんなの、僕に勝ち目があるわけないじゃないか」

「望遠鏡を貸すのは俺だ。俺が有利じゃなきゃ意味がないだろう？」

「僕に分《ぶ》がなさすぎる。中学の卒業式から先月中旬までずっと入院してたんだ。体中、すっかり鈍《なま》ってる」

「じゃあ諦めろ。俺は条件を変えるつもりはない」

僕は不承不承テーブルの前に膝をついた。そしてあらためて、彼の肩回り、上腕、前腕を順に眺めた。トレーニングが趣味の男だけあって、どの箇所も万遍なく鍛《きた》え上げられている。運動部でもないのに体力テストのいくつかの項目で学年トップを取るような男だ。僕に勝機があるはずがない。

だが、それでも端《はな》から諦《あきら》めるわけにはいかない。僕はテーブルに肘《ひじ》をつき、檜原の手を握る。左手でテーブルの端を掴《つか》む。

「準備はいいな?」と檜原が訊く。僕は頷く。

檜原の合図と共に、右腕に全身全霊の力を込める。びくともしない。誇張なしに、一ミリも動かない。まるで彼の腕が空間にねじで固定されているかのように。檜原が余裕の笑みを見せる。彼が軽く手首に力を入れると、たちまち僕の手首が反る。そのまま一気に最後まで持っていかれる。「一勝目」と彼がカウントする。右腕全体が痺《しび》れ、全身から汗が噴き出てくる。「それじゃあ、二戦目といこうか」と檜原がいう。

十戦目を終える頃には右手が意思に逆らって震《ふる》え、指先に上手《うま》く力が入らなくなっていた。肘の内側が炎症を起こしたように痛み、肩から先がものすごい熱を持っていた。

腕の痺れが少し引くと、僕は懲《こ》りずにテーブルに肘を置いた。完全に勝ちを確信《かくしん》している檜原は、勝負の最中《さなか》に涼しい顔で僕に話しかけてきた。

「お前、あの子とどこで知り合ったんだ?」

「あの子?」顔を上げて僕は訊き返した。額から垂れた汗が頬を伝い首筋を流れた。

「三日前の夜、乃木山《のぎやま》たちとの諍《いさか》いに巻き込まれそうになった、あの子だよ」

喋《しゃべ》っている瞬間《しゅんかん》を狙《ねら》って奇襲《きしゅう》をかけようとしたが、向こうはそれもお見通しで、こちらが腕の力を強めた瞬間にそれ以上の力で押し返された。僕は舌打ちをして、それから彼の質問に答えた。「荻上《おぎうえ》のことか。あの子はただのクラスメイトだよ。席が隣なんだ」

「ただのクラスメイトと真夜中に星を見にいくのか?」

「星?」僕は首を捻《ひね》った。「ああ、ひょっとして檜原、僕が荻上と星を見にいくと勘違いしてるのか? あの子は今回の話には関係ないよ。星を見たがってるのは別の女の子で……」

そこまで僕がいいかけたとき、不意に、檜原の腕の力が弱まった。何が起きたのかわからなかったが、とにかく僕はその一瞬を見逃《みのが》さず、残った力のすべてを注ぎ込んで一気に彼の腕を押し倒した。

しばらくの間、檜原は勝負の最中に突然機能不全に陥った自分の腕を不思議そうに眺めていた。

「……約束は、約束だからな」と檜原は首の後ろを掻《か》いていった。「仕方ない。不本意だが、望遠鏡は貸してやるよ」

「ありがとう」僕は顔の汗を拭い、左手で右腕のあちこちを揉《も》み解《ほぐ》しながら礼をいった。

「ただ、条件がある。それを聞けないなら、この話は白紙に戻す」

「大抵の要求は呑むつもりでいるよ」と僕はいった。「どんな条件だ？」

「望遠鏡を使う際は、常に俺を同行させること」

「……いや、待ってくれ。それは困る」僕は慌てて首を振った。「使い方ならちゃんと勉強するから、ついてくるのは勘弁してくれ」

「駄目だ。これだけは譲れない」

「檜原みたいなやつがいると、その子が怖がるんだよ」

「深町と仲よくなれるようなやつなら、俺とだって仲よくなれるだろう」

「僕は彼女と古い知り合いなんだ。お前は違う」

押し問答が正午まで続いたが、檜原はその点だけはどうしても譲れないようだった。

そこで僕は檜原の家の電話を借りて、初鹿野の家に電話をかけることにした。

電話に応じたのは初鹿野の姉、綾《あや》さんだった。

「唯さんに代わってもらえますか？　望遠鏡の件、といえば部屋から出てくるはずです」

「望遠鏡？」と綾さんはぴんとこない様子で繰り返した。「まあいいや。よくわからないけど、陽ちゃんがそういうならやってみるよ。ちょっと待ってて」

それから一分とせずに、初鹿野が電話に出た。「……代わったよ」

「まず、良い知らせの方から」と僕はいった。「交渉の末、なんとか望遠鏡を貸してもらえることになった。……そして悪い知らせの方だが、持ち主の男が、望遠鏡を使うのは自分の同伴のもとでないと許さないといっている。別に悪いやつじゃないとは思うが、初鹿野が嫌なら断るつもりだ。君はどうしたい？」

「望遠鏡を貸してもらえるなら、なんだっていいよ」と初鹿野は簡潔《かんけつ》に答えた。

「本当にいいのか？」と僕は念を押した。「あそこは君にとって、特別な場所なんだろう？　部外者に知られたら嫌じゃないか？」

「別になんとも思わない。そもそも、既に陽介くんに知られてる」

「……まあ、それもそうか」

予期していたよりもずっと初鹿野の物腰が柔らかなことに戸惑いつつ、僕はふとした思いつきを口にした。

「よかったら、他にもう一人女の子を連れていこうか？　男二人と一緒だと居心地が悪いだろう？」

初鹿野は肯定とも否定ともつかない沈黙を返した。

「参葉《みつば》中学《ちゆうがく》で、荻上千草って女の子とクラスメイトだっただろう？」と僕は訊いた。

「多分」と初鹿野は答えた。

「あの子を連れていこうと思う。初鹿野はそれで構わないか？」

再び長い間を置いた後、初鹿野はいった。「どうでもいいよ」

「じゃあ、これから荻上を誘ってみる。今夜の二時、迎えにいくから待っていてくれ。それじゃあ」

最後に、ぼそりと初鹿野が呟いた。「……ありがとう」

「どういたしまして」といって僕は電話を切った。

「決まりだな」僕が通話を終えたのを見計らって檜原がいった。「さて、場所はどうする？」

「鱒川旅館を覚えてるだろう？　いつもはあそこの屋上で星を見てる」

「ああ、『赤い部屋』の廃墟か。中学時代によく遊んだな」檜原が懐かしげに頷いた。

「しかし、どうしてわざわざあんな危なっかしい場所で？」

「初鹿野がそこを気に入っているらしいんだ」

「なんだそりゃ。変な女だな」彼は首を傾げた。「まあいい、午前二時過ぎに鱒川旅館の屋上にいればいいんだな？」

「ああ。よろしく頼む」

「おう、約束は約束だからな」と彼はいった。

檜原と別れた後、僕は最寄りの公衆電話から千草に電話をかけた。腕相撲のせいで右手が上がらなかったので、左手でボタンを一つ一つ慎重に押した。

「もしもし？」と電話口から千草の声が聞こえた。

「今、時間は大丈夫か？」と僕は訊いた。

「深町くん？　深町くんなんですね？」千草の声がにわかに色づいた。「もちろん時間は大丈夫です。なんのご用でしょうか？」

「荻上に、また一つ頼みがあるんだ」

「頼み、ですか。……どうせ、初鹿野さんのことでしょう？」

「その通り、初鹿野のことだ」下手《へた》にごまかそうとするとかえって逆効果だろうと思い、僕は率直に状況説明をした。「今晩、僕は初鹿野と星を見にいくつもりなんだが、色んな事情があって、檜原という男もついてくることになった。しかし、元不良の男二人に挟まれるとなると、初鹿野も居心地が悪いだろう。荻上みたいな女の子がいれば、それが緩和《かんわ》されるかもしれない。そう思って声をかけた」

「つまり私は、初鹿野さんと親しくなるための出汁《だし》ということですね？」

「そう受け取られても仕方ないとは思う。でも、他に頼れる人がいないんだ。もちろん、嫌なら断ってもいい」

千草は深く溜め息をついた。「……まあ、〝協力できることがあったら、なんでもいってください〟といったのは私の方ですからね。いいでしょう。手伝いますよ」

「ありがとう。恩に着るよ」

「人の恋心を弄《もてあそ》ぶとは、やっぱり深町くんは生粋《きっすい》の悪人ですね」おどけた口調で千草はいった。「でもね、深町くん。これだけは忘れないでくださいね。私もまた、深町くんと同じ、悪人なんです。油断したら、初鹿野さんから深町くんを奪い取ってしまうかもしれません」

「その危険性は十分承知してる。気をつけるよ」

「駄目です。油断してください」そういって千草はくすくすと笑った。「待ち合わせはどうします？」

「午前二時過ぎ、家の前で待っていてくれ。迎えにいく」

「わかりました。楽しみにしてます」

「親にばれずに抜け出せそうか？」

「大丈夫です。父も母も、私が夜中に外出するなんて夢にも思わないでしょうから」

受話器を戻すと、僕は町立の小さな図書館へ向かい、天体望遠鏡の入門用の書籍《しょせき》を借りて全体に目を通した。最初の二時間ほどは懸命《けんめい》に文字を追っていたものの、初めて目にする天文学用語の数々や接眼レンズの各形式の断面図などを眺めているうちにすさまじい眠気に襲《おそ》われ、自分でも知らないうちに眠りに落ちてしまった。目を覚ますと窓の外が薄暗くなっていた。家に戻って母親と夕食をとり、自室で布団に寝転んで再度本に目を通した。軽く仮眠を取って布団から起き上がると、家を出るのにちょうどよい時刻だった。


不安の種だった初鹿野と千草の対面は、思ったよりもずっとすんなりといった。僕の背後に隠れようとする初鹿野に、千草は実に自然な調子で話しかけた。

「久しぶりですね、初鹿野さん」

初鹿野は唇を真一文字に結んだまま小さく頷いた。渋々といった感じではなく、緊張しつつも千草の挨拶にきちんと応じたという類の頷きだった。

「まさかこんな形で初鹿野さんとの接点ができるとは思いませんでした。人の縁《えん》というのはわからないものですね」

考えてみれば、僕が入院していた三ヶ月間、千草と初鹿野は前後の席同士ということでそれなりに関《かか》わる機会も多かったのだろう。二人のやり取りを見る限り、初鹿野は千草に対して悪い感情を持ってはいないようだった。千草の側も、初鹿野に対して苦手意識はなさそうだ。程度に差こそあれ、基本的にクラスメイトと仲よくすることのない者同士、少なからず共鳴するところがあったのかもしれない。

檜原は望遠鏡の組み立てのために一足先に廃墟に向かっていたので、彼と初鹿野の対面まで少し猶予《なじ》があった。彼の話によると、天体望遠鏡のレンズや反射鏡は夜の冷たい空気に馴染みにくく、観測の一、二時間前から野外で温度に馴染ませておかないとシーイングに乱れが生じるそうだ。ファインダーの調整も明るい時間の方がやりやすいらしい。鱒川旅館は檜原にとって勝手を知った場所だから、一人で先にいかせておいても問題はないだろう。

最大の懸案事項は、この檜原に対して二人が拒否反応を起こさないかという点だった。檜原は初対面の相手にも平気で失礼なことをいったりひどい綽名《あだな》をつけたりすることがままあり、人の顰蹙《ひんしゅく》を買うことにかけては天才的といっていいほどの能力を持っていた。初鹿野や千草を檜原の無邪気な悪意から守るには、僕が彼を上手くコントロールする必要がある。廃墟に到着すると、僕は気を引き締めて三人の対面に備えた。何事もなければ、それに越したことはないのだが。

廃墟に不慣れな千草を連れていることもあり、この日は懐中《かいちゅう》電灯を使って床を照らしながら慎重に廃墟内を進んだ。屋上に着くと電灯を消し、天体望遠鏡の組み立てを終えて一服していた檜原に声をかけた。「悪い、待たせた」

「おお、きたか」檜原は煙草《タバコ》を消して空き缶の中に捨て、足下に置いてあった電池式のランタンを手に取って立ち上がり、歩み寄ってきて僕ら三人の顔を照らした。目を極力光に慣らさないためだろう、ランタンの明かりは電池切れ直前のように薄暗かった。

檜原はまず千草の顔をしげしげと覗き込んだ。数秒後、彼の表情から薄笑いが消えた。彼は目を丸くして、そこに何か貴重なメッセージでも書かれているかのように千草の顔を隅から隅まで眺め回した。

「檜原裕也《ゆうや》だ」彼は妙にかしこまった態度で右手を差し出した。「中学時代、深町の一番の友人だった」

「荻上千草です」千草もおそるおそる右手を差し出し、彼の手を握った。怯《おび》えるのも無理はないよな、と僕は思った。彼女にとって檜原は、「あの日深町くんを囲んで痛めつけようとしていた人たちの仲間」としてしか認識《にんしき》されていないだろうから。

僕は千草の耳元で囁《ささや》いた。「怖がらなくていい。そんなに悪いやつじゃない」

「そう。そんなに悪いやつじゃない」と檜原は繰り返した。「悪いとしても、せいぜい深町と同じくらいだ」

「そうなんですか。なら、安心ですね」

千草は緊張の抜け切らない顔で微笑んだ。

続いて檜原は初鹿野の顔にランタンを近づけた。僕は固唾《かたず》を呑《の》んでその様子を見守った。檜原は無遠慮《ぶえんりょ》に初鹿野の顔の痣《あざ》を凝視《ぎょうし》した。

「ひどい痣だな。東海道四谷怪談《とうかいどうよつやかいだん》みたいだ」

それ以上檜原が何か配慮に欠けたことをいったら、僕は彼を反射的に殴ってしまっていたかもしれない。だが僕が拳《こぶし》を握り締めるよりも先に——あるいは僕を制するためだったのかもしれないが——初鹿野は平然と言葉を返した。

「そう。ひどい痣でしょう？」

「掛け値なしにな」と檜原は断言した。それから今度は痣のない側の顔を凝視した。

「と思ったら、顔の造り自体はめちゃくちゃ整《ととの》ってるのか。美女なんだか醜女《しこめ》なんだかよくわからないな。……まあ、俺からすればどっちにしろ大した差はないが」

檜原は右手で顎《あご》をさすりながらいった。初鹿野はランタンの光に目を細めていた。少なくとも、彼女が檜原の発言に対して腹を立てたとか傷ついたといったことはなさそうだった。むしろ彼の歯に衣着せぬ物言いに好感を持ったようにさえ見えた。強い劣等感を抱える者にとっては、案外檜原のように開け広げな性格の人間の方がつきあいやすいのかもしれない。思えば、中学校時代の僕が檜原を相方に選んだ理由の一つもそれだった。

千草が僕に顔を近づけていった。「檜原さんって、なんだか面白《おもしろ》い方ですね」

「そうだな。よくも悪くも」

「それに、深町くんとちょっと似てます」

「僕と檜原が似てる？」思わず僕は訊き返した。

「ええ。身長も同じくらいですし、目つきも似てます。それに、なんといっても雰囲気がそっくり」

「そうか。……あまり嬉しくはないな」

千草は励ますように僕の肩を叩いた。「大丈夫、深町くんの方が格好いいですよ」

「それはどうも」

ひとまず、これで最大の不安要素は消えた。この四人の相性が絶望的に悪いということはなさそうだった。初鹿野は他の二人に悪い感情を抱いていないようだし、千草にしてもそれは同じだ。

そこまで考えたところで、僕はふと今の自分自身を客観視し、新鮮《しんせん》な驚《おどろ》きを得た――まさかこの僕が、友人間の仲を取り持つような立場になるなんて。そんな役回りは生まれて初めてだった。本来であれば集団内で一番の人格者が担うべき役割を、よりにもよってこの僕が演じるとは。

最初に見たのは土星《どせい》だった。檜原が調整した望遠鏡を、初鹿野、千草、僕の順に覗き込んだ。

「もう少しシーイングがよければ、環《わ》の隙間《すきま》まで見えたんだけどな」と檜原はいった。

カッシーニの空隙《くうげき》のことだろう、と僕はここにくる前に読んだ本の内容を思い返した。土星環《どせいかん》を一つの太い環ではなく複数の細い環の集合と捉《とら》えたとき、メインリングとなる三本の環をそれぞれA環、B環、C環と呼ぶのだが、このA環とB環の間にある巨大な隙間をカッシーニの空隙と呼ぶそうだ。

望遠鏡を覗き込む初鹿野の邪魔にならないように、僕たちは数メートル離れたところに腰を下ろして小声で会話した。

「そういえば一度も訊いたことがなかったけれど、檜原は何がきっかけで天体観望を始めたんだ？」

「きっかけか」仰向けになって夜空を見上げていた檜原は考え込むように唸《うな》った。「なんていうのかな。俺の場合、星より望遠鏡が先だったんだ」

「どういうことだ？」

「写真そのものにこだわりはなくて単にカメラの造形が好きだとか、音質そのものにこだわりにはなくて単に真空管アンプの見た目が好きだとか、コーヒーの味そのものにこだわりはなくて単に豆を挽《ひ》いたりドリップしたりするのが好きだとか、つまりそういうことだよ。天体望遠鏡を持ち歩いたり組み立てたりするのに、昔から憧《あこが》れてた」

「でも、それだけじゃ長続きしないだろう？　何しろ面倒《めんどう》の多い趣味だ」

「面倒だからいいんだよ。これからお前が望遠鏡を覗いて見る光景と、俺が望遠鏡を覗いて見る光景、見えるものは同じだが、その意味はまったく違う。自分で釣った魚がやけに美味《おい》しく感じられるのと一緒だな。支払った労力の分だけ、俺の脳はそれを美化してくれる。そしてただでさえ美しい惑星や星々の美化された姿を見た日には、もう天体の虜《とりこ》になるしかないんだ」

「普段の檜原からは考えもつかない美しい意見だ」僕は茶化《ちゃか》すようにいったが、感心したのは嘘《うそ》ではなかった。「ところで、檜原の視点からの意見を聞いてみたいんだが……どうして初鹿野は星が好きなんだと思う？」

「初鹿野？　ああ、痣の女の子か」檜原は体を起こし、熱心に望遠鏡を覗き込んでいる初鹿野の背中に目をやった。「まあ一般論《いっぱんろん》寄りの回答になるが、あの子の場合、星より先に暗闇《くらやみ》があったんじゃないか？」

「……なるほどな」

それは筋の通った考え方だった。痣ができたことで暗闇を好むようになり、暗闇の中で楽しみを見出そうとした末に、彼女は星と出会った。確かにそういう面も少なからずあるのだろうな、と僕は思った。もっとも、初鹿野が星に関心を持ち始めた時期は彼女の顔に痣ができるよりずっと前なので、彼のいうそれは数ある「好き」の促進要因の一つに過ぎないだろうが。

「もちろん、突き詰めれば、『好き』の理由なんて全部後づけだ」と檜原はつけ加えた。「星が好きなやつは星が好きになるように生まれついたっていう、ただそれだけの話さ」

「もっともだ」と僕は同意した。

初鹿野に続いて千草が望遠鏡を覗き込み、「すごい」と歓声を上げた。「深町くん深町くん、すごいですよこれ」

千草に急《せ》かされて、僕も望遠鏡の前に立ってレンズを覗き込んだ。

漆黒《しっこく》の中にぼんやりと浮かぶ球、そしてそれを囲む巨大な環。幼稚園児だって知っている、その特徴的な形。けれどもこうしてレンズを通して実物を見せられると、それは性質《たち》の悪いジョークみたいだった。こんなわけのわからない形をしたものがこの世に存在していていいのだろうか？　僕は土星の形はこういうものだと教え込まれているからこの程度の違和感で済むが、何も知らずにこれを発見してしまった者はどれだけ肝を潰《つぶ》したことだろう？

土星の姿に圧倒されている僕の背後で、檜原がいった。

「こうやって深町が望遠鏡を覗いているのを見ると、修学旅行の夜を思い出すな」

「……相変わらず嫌な性格してるな、お前」と僕は小声で返した。

「なんの話ですか？」案の定、千草はその話に興味を示した。

「いや、大した話じゃないんだが」檜原はいきいきと語り出した。「中学三年生の修学旅行で泊まった旅館に露天《ろてん》風呂があったんだが、俺たちの部屋から身を乗り出して双眼鏡を使えば、女側の屋内風呂と露天風呂を繋《つな》ぐ階段が見えるってことが三日目の夜に判明してな。翌日現地で双眼鏡を調達して、その晩、部屋の明かりを消して皆で代わる代わる覗いたんだ。なあ深町？」

「へえ……深町くんもそういうことするんですね」

千草は軽蔑《けいべつ》とからかいの入り交じった視線を僕に送った。

「仕方ないだろう。あの状況で僕一人だけ覗かないなんていったら、逆に何かあると思われるじゃないか」そう弁解した後、僕は檜原に反撃《はんげき》した。「そういえば、檜原は昔から、意中の女の子がそばにいるとき、やたらと僕をからかう癖《くせ》があったな」

「そりゃお前の勘違いだよ」檜原は間を置かずにいった。「俺はただ深町をからかうのが好きなんだ」

「仲がよろしいんですね」千草が片手で口元を覆《おお》って微笑んだ。

僕と檜原は「さあ、どうだろう？」という風に肩を竦めた。それから僕たち三人は、再び望遠鏡に張りついて飽きることなく土星を眺めている初鹿野に目をやった。

「あいつ、そんなに星が好きなのか」檜原は本人に聞こえないよう声を落として僕に訊いた。

「ああ。何せ、星を見るためだけに毎晩ここにきてるくらいだ」

「毎晩？　何か別の目的があるんじゃないのか？」

「いや、それはない。断言してもいい」

「へえ。変わったやつだな」

　檜原は何かを見極めるかのように初鹿野の背中をじっと見つめた。

「おい、お岩《いわ》さん」彼は初鹿野に呼びかけた。「いい加減、土星も見飽きただろう？」

　初鹿野はレンズから目を離し、檜原の方を向いて首を横に振った。「飽きない」

「そうか。でもとにかく、俺は飽きたんだ。だからこれからお前に、望遠鏡の向きを月面《げつめん》に合わせてもらう。使い方はわかるか？」

「……多分」

「よし、じゃあ任せた。上手く月面を捉えられたら教えてくれ」

　初鹿野は深く頷き、慎重な手つきで天体望遠鏡を弄り始めた。

「おお、ちゃんとファインダーを使ってる。さすがだな」檜原は愉快そうにいった。

「大事なものだから、何も知らない素人には触らせたくないんじゃなかったのか？」

と僕は訊いた。「初対面の女の子に弄らせるなんて」

「大丈夫。あいつは壊さないよ」と檜原は自信満々にいった。

「一応、僕だってちゃんと勉強してきたんだ。星図の見方まで覚えてきたのに」

「そりゃ勉強熱心だな。でも動機が不純だから信用できない」

初鹿野が手間取っているのを見ているうちに我慢ができなくなったのか、檜原は赤いセロハンを貼《は》った懐中電灯を手に取って立ち上がり、初鹿野の隣に立って指示を出し始めた。「馬鹿だな、まず低倍率のアイピースを使うんだよ。ピントが合ったら倍率を上げればいい」

「アイピースの替え方なんて、知らない」と初鹿野が不平をこぼした。

「じゃあ俺に訊けばいいだろう、馬鹿かお前」

「……どうやるの？」初鹿野はおずおずと訊いた。

望遠鏡を弄る二人を、僕と千草は後ろで傍観していた。

「自分の好きなものがわかっている人って、素敵ですよね」と千草が呟《つぶや》いた。

「そうだな。僕にはとても、あんな風に一つの物事に入れ込むことはできない」と僕はいった。「多分、自分の趣味をそこまで信頼できないんだろうな」

「わかります。きっとどこかで飽きるか挫折《ざせつ》するだろうと思うと、つい予防線として手を抜いてしまうんですよね」

苛立《いらだ》った様子で指示を出す檜原と不本意そうにそれに従う初鹿野を眺めていると、ふと、僕の胸が軽く疼《うず》いた。これまでに経験《けいけん》したことのない、不思議な感覚だった。

それが嫉妬《しっと》という感情であることを、僕はこの時点では自覚できていなかった。劣等感こそ多分に経験してきた僕だが、これまでは自分という人間を諦め切っていたためにあえて他人と自分を比較することはなく、特定の個人に対する嫉妬とは無縁の人生を送ってきていた。ゆえに、生まれて初めて抱くその感情につけるべき名前がわからなかったのだ。

漠然と、不吉な予感がした。開けてはいけないドアを開けてしまったのかもしれない、と僕は思った。

そしてその予感は、そう遠くない未来に的中することになる。

「深町くん、どうかしました？」突然押し黙った僕に、千草が不安そうに訊いた。

「いや。変な感じだな、と思っただけだ」

「そうですね。……変な感じです」

初鹿野が振り向いてちらりと僕たちを一瞥し、またすぐに望遠鏡に視線を戻した。

空が紫色《むらさきいろ》に染まり始めた午前四時頃、僕たちは廃墟を後にした。そして何事もなかったかのように別れ、それぞれの家に帰った。

しかしどういう星の巡り合わせか——あるいは星によって巡り合わされたというべ

きか——それからというもの、僕と初鹿野、それに千草と檜原の四人は、示し合わせたかのように毎晩廃墟に集まって星を見るようになった。

何より意外だったのは、誰《だれ》に頼まれたわけでもないのに、檜原が毎晩同じ時刻に廃墟の屋上にやってきて望遠鏡を組み立てておいてくれるようになったことだ。もちろんそれは純粋な善意からくる行動ではなく、多くは千草と会う口実のためだったのだと思う。どこまで真剣かはわからないが、檜原は千草に好意を抱いているらしく、ことあるごとに僕から千草に関する情報を訊き出そうとしてきた（その都度僕は上手くはぐらかしたが）。

その千草が毎晩廃墟にやってくるのは、本人の談によれば、僕と初鹿野が二人きりになるのを防ぐためらしかった。あるとき僕は初鹿野と檜原が望遠鏡に夢中になっている隙を狙い、なぜ毎晩ここにきてくれるのかと千草に訊ねてみた。すると彼女は不服そうにこちらを睨んだ後、僕の肩に軽く額をぶつけてきた。

「深町くんと初鹿野さんが二人きりで密会するのを阻止したいからに決まってるじゃないですか」と千草は悪びれもせずにいった。「そんなこともわからないんですか？」

「……前々から訊きたかったんだけれど、一体僕のどこがいいんだ？」と僕は訊いた。

「素直に不思議でならないんだ」

「自分で考えてください、このひとでなし」

そういって千草はそっぽを向いた。

そして肝心の初鹿野は——もともと誰に頼まれるでもなく毎晩廃墟の屋上を訪れていた彼女が、本来邪魔者であるはずの僕ら三人の存在を黙認してくれているのは、ひとえに天体望遠鏡のおかげだと思っていた。しかし、最近になってその認識は変わりつつある。

もしかしたら。ひょっとしたら。ことによると。

初鹿野の目的は、望遠鏡ではなく檜原なのかもしれない。

僕がそう思うようになったきっかけは、天体観望の日々が始まって数日が経った頃に起きたある出来事だった。そのとき僕は千草と共に、檜原と初鹿野が天体望遠鏡を組み立てるのを後ろの方で眺めていた。いつしか初鹿野はすっかり檜原の助手のようになっており、彼の指示を受けてレンズを交換したりファインダーを調整したり星図の確認をしたりといった作業を嫌な顔一つせずにこなすようになっていた。初鹿野はそれらの作業を楽しんでいるようだったし、檜原は初鹿野を一人の天文好きとして信頼していて、本来であれば他人には触らせたくないという望遠鏡を彼女には好きに触らせてあげているようだった。

準備が整《ととの》い、檜原が後ろで待機していた僕たちを呼んだところで、不意に遠くから自動車のエンジン音が聞こえた。檜原が人差し指を立てて僕たちに沈黙を促し、目を閉じて耳を澄ました。

「こっちに近づいてきてるな」檜原は舌打ちをした。「エンジンの音でわかる。多分、いつも峠《とうげ》に集まって騒《さわ》いでる連中だ。肝試しにでもきたのかもしれない」

彼のいう通りだった。しばらくして建物の近くでエンジン音が止まり、車から降りてドアを閉める音がした。話し声からして、おそらく二十代の男が三、四人。彼らはまっすぐこちらに向かっているようだった。

「身を隠した方がよさそうだな」と僕はいった。「あの手合いと鉢合わせたら面倒なことになる」

「こっちには女が二人いるからな」檜原は初鹿野と千草を見て頭を掻いた。「仕方ない。深町、お前は二人をどこかに隠してこい。ゴミ収集箱の中でも焼却炉の中でもいい。俺はその間に望遠鏡を片づける」

「ああ、わかった」僕は頷いた。「初鹿野、荻上。僕についてきてくれ」

千草は素直に僕の後ろについてきたが、初鹿野は棒立ちしたまま何かを考え込んでいた。「初鹿野、早く」といって僕が彼女の手を掴もうとすると、彼女はその手をすり抜けて檜原のもとへ駆けていき、望遠鏡の解体作業を手伝い始めた。

おそらく初鹿野は、先に望遠鏡を片づけてしまってから四人で隠れられる場所を探した方が効率がいい、と考えたのだろう。自分なら檜原の邪魔にならずに解体作業を手伝えると咄嗟《とっさ》に判断して、僕を無視して彼を手伝いにいったのだろう。それはごく自然な発想だ。

しかし、そうとわかっていても、初鹿野が僕の手をすり抜けて檜原のもとに向かったとき、僕はいい知れぬ不安を覚えた。その行動には表面的な意味以上の何かが含まれている気がした。

結局、肝試しにきた連中は屋上までくることなく、三十分ほど一階をうろつき窓ガラスを数枚割って帰っていった。彼らが去るのを待つ間、僕たちは屋上の塔屋《とうや》の陰に身を寄せ、息を潜《ひそ》めてじっとしていた。車の音が遠ざかると、僕たちはほっと胸を撫《な》で下ろし、物陰を出て伸びをした。緊張から解放されたためか妙に気分が高揚して、僕も檜原も千草も無闇に笑った。初鹿野も、いつもより少しだけ表情から硬さが抜けているように見えた。

この日を境に、僕は初鹿野が檜原と接しているときの様子を注意深く観察するようになった。そして彼女が、僕の前では決して見せないようなくつろいだ表情を、檜原の前では頻繁《ひんぱん》に見せていることを知った。一度そうやって意識し始めると、初鹿野が檜原を特別視している証拠は次々に見つかった。

どうやら初鹿野は、檜原に惹《ひ》かれているようだった。僕のような他人の気持ちに疎《うと》い人間でもはっきりとわかるくらい、初鹿野は檜原に対して好意的な態度を見せていた。彼を前にすると途端に笑顔が増え、彼と離れるとあからさまに表情が暗くなった。

彼女の行動は次第にわかりやすくなっていった。屋上で天体観望をしている間、初鹿野は檜原につきまとうようになった。それが恋愛感情からくる行動なのか、はたまた天文好き同士の仲間意識からくる行動なのかはわからない。しかし少なくとも、僕と二人きりでいるときよりも、檜原から天文知識を教授されているときの方が、初鹿野は幾分も楽しそうに見えた。その事実に気づいたとき、僕は目の前が真っ暗になった。それからというもの、二人が肩を寄せて親しげに会話するのを見るたびに動悸《どうき》が止まらなくなり、暗い海の底に沈められたような絶望感に襲われた。

これじゃあまるでアンデルセンの『人魚姫《にんぎょひめ》』そのものじゃないか、と僕は思った。初鹿野に愛されたくて命を懸《か》けてまで痣を消したのに、窮地《きゅうち》にある彼女を救おうとしたらその手柄を別の男に横取りされてしまった。それは王子に愛されたくて命を懸けてまで人間の姿を得たのに、王子の窮地を救った手柄を別の女に横取りされてしまった人魚姫の運命と多くの点で重なっていた。

しかし、檜原を責めることはできなかった。彼は自分から初鹿野を誘惑したわけではない。ただ自分と同じように星に興味がある女の子に好感を抱き、彼女の要求に親切に応《こた》えてあげているだけだ。

また、この天体観望がきっかけとなって、僕と檜原は中学当時のような心地よい関係を取り戻していた。悔しいが、僕は檜原という男のことを気に入っているようだった。結局のところ、僕のことを一番わかっているのは檜原で、檜原のことを一番わかっているのは僕なのだ。彼を憎むのは難《むずか》しかった。そもそも本来結びつかないはずの二人を結びつけてしまったのは他でもないこの僕だ。これは自分で蒔いた種なのだ。

初鹿野を取り返したいのは山々だったが、熱心に檜原の話を聞く初鹿野の姿を見ていると、自分はただの邪魔者でしかないように思えた。今さら二人を無理に引き離そうとしたところで、初鹿野が悲しむだけだろう。僕は毎日のように図書館に通い、少しでも檜原の天文知識に追いつこうとしたが、付け焼き刃の勉強ではどうにもならず、むしろ勉強すればするほど檜原の知識量の凄《すさ》まじさを思い知らされることになった。

せめてもの幸いは、檜原が初鹿野ではなく千草の方に惹かれていることだったが、それを幸いと思ってしまう自分が情けなくて仕方なかった。千草が檜原のことを好きになってくれれば都合がいいのだが——と心のどこかで願っている自分に気づいたときは、恥ずかしさのあまり今すぐ消えてしまいたくなった。

屋上にいる四人の中で、僕の頭の中がもっともどす黒く汚れていた。せっかく人並みの容姿を得られたと思ったら、今度は心の方が人並み外れて醜《みにく》くなってしまったみたいだった。痣のある頃は、こんなことはなかった。自分でも何かが手に入れられるかもしれないと思った瞬間に欲が生まれ、その欲が僕の心を掻き乱したのだ。

千草と並んで座り、彼女の用意してくれたアイスティーを啜《すす》りながら、僕は望遠鏡を挟んで肩を寄せ合っている初鹿野と檜原を見て深い溜め息をついた。

「上手くいかないものですね」隣の千草が僕の心情を察したようにいった。

「ああ。上手くいかない」と僕はうわごとのように千草の言葉を繰り返した。

「何もかもが、微妙に食い違っちゃってるんですね。機械じかけの神様でもいればよかったんですけど」

「そうだな。矢印の方向を二つばかり弄ってもらいたかった」

「二つ？」

檜原から自分に向けられている矢印に無自覚な千草は小首を傾げた。

「どうしてこんなことになったんだろう？」と僕はひとりごちた。

「……深町くんはお気に召さないようですけど、私、この関係が好きですよ」と千草がそれに応えた。「もちろん、深町くんと一緒にいられるから、というのが一番の理由ですけど。でも、それだけじゃありません。なんというか、この四人でいると、自然体でいられるんです」

僕はしばらく考えてからいった。「ああ。あまり認めたくないけれど、それについては僕も同感だ」

「そうでしょう？」千草は目を細めた。「いつまで続くかわかりませんけど、私はこの時間を愛してます。できるだけ長く続けばいいなあ、と願ってます。……もちろん、深町くんが私を選んでくれるというなら話は別ですけどね」

千草がそうやって好意を表明してくれるたびに、僕の胸はじくじくと疼《うず》いた。彼女の気持ちに正面から向き合えないというのもあるが、それ以上に、彼女が恋をしている僕の姿は本来のものではなく、ある意味で僕は彼女を騙《だま》し続けているのだということへの罪悪感からくる疼きだった。

「なあ、荻上」

堪《こら》え切れなくなって、僕は遠回しに訊いた。あるいは告白した。

「荻上が今目にしている僕の姿が、実は偽りの姿だったとしたらどうする？　たとえば、僕の顔が本当はもっと醜くて正視に堪《た》えないようなものだったとして、それでも今みたいな関係になれていたと思うか？」

千草はきょとんとした顔で首を傾げた。

「ああ、もしかして、痣のことをいっているんですか？」と彼女はこともなげにいった。「あれくらいで嫌いになるなら、最初から好きになりませんよ。むしろ、痣があった頃の深町くんに戻ってくれた方が、競争《きようそう》相手が減って助かりますね」

僕が驚いて二の句を継げずにいるのを見て、千草はおかしそうに笑った。

「私がその程度のことも知らないと思っていたんですか？　いっておきますけれど、深町くんが初鹿野さんのことを知りたいと思うくらいには、私も深町くんのことを知りたいと思ってるんですよ」

「……つくづく、自分の考えの浅さにうんざりするよ」

僕は両手を床について空を仰いだ。

千草はそれに気づいていたし、僕も薄々勘づいていた。この時間は、そう長くは続かない。遠くない将来、必ず破綻《はたん》する、と。

八月七日は新月だった。双眼鏡を夜空に向けると、ベガとアルタイルの間を流れる天《あま》の川《がわ》の中に星団や星雲が散らばっている様子が観察できた。

八月十二日の夜、僕たちは望遠鏡も双眼鏡も持たずに町で一番高い丘に登り、道路に寝そべってペルセウス座流星群《ざりゅうせいぐん》を見た。生活指導《しどう》主任の遠藤《えんどう》が見逃すなといっていた、あの流星群だ。一九九一年から一九九四年にかけて、母天体であるスイフト・タットル彗星《すいせい》の回帰の影響《えいきょう》により、ペルセウス座流星群は平年の出現量を遥かに上回る大出現を記録《きろく》していた。この年も、極大を迎える十二日の夜には一時間あたり平均して五十以上の流れ星が観測できた。人によっては一生分を合わせてもこれだけの流れ星を見ることはないのではないか、と僕は思った。初鹿野が無邪気な笑顔で夜空を眺めていたことが強く印象に残っている。僕はそれを、彼女が快方に向かっている証《あかし》だと思っていた。

八月十三日は雨が降り、僕たちは久しぶりに一人の夜を過ごした。

八月十四日には、前日以上の雨が降った。

八月十五日、初鹿野は人知れず海に飛び込んだ。

そのようにして、僕たち四人の短い交友関係は終わりを告げた。

第8章　ラストダンスは私に

電話が鳴ったのは八月十四日の午後二時過ぎだった。僕は自室で天文学の入門書を紐解《ひもと》いており、そのときは変光星の連星運動について学んでいた。外では大雨が降っていて、雨粒が窓を叩き、風が木々を揺らす音が絶え間なく聞こえた。両親は仕事に出ていて、家には僕一人だった。

電話のベルが聞こえると、僕は本を放《ほう》り投げて階段を駆け下り、受話器を摑んで耳に押し当てた。

「もしもし？」

返事はなかった。長い沈黙があった。きっと初鹿野からの電話だろう、と僕は見当をつけた。彼女以外にそんなことをする者がいるとは思えなかった。

「初鹿野か？」と僕は電話の向こうの人物に訊《たず》ねた。だがやはり返事はなかった。

前回のように、両側の電話が鳴り、繫がるはずのない回線が繫がったというわけではなさそうだった。今回の沈黙は確信に満ち溢れており、通話相手が僕であることを十分に承知した上で黙り込んでいるような印象を受けた。ただ、それは目的があって無言を貫いているというよりは、何かをいうかいうまいか迷っているといった種類の黙り方だった。

そして唐突に電話が切れた。一体なんだったのだろう、と訝《いぶか》りつつ僕は受話器を置いた。

妙に雨音がはっきり聞こえると思ったら、玄関の窓が開いたままになっていて、その周りが水浸《みずびた》しになっていた。窓を閉め、雑巾《ぞうきん》を持ってきて床を拭いた後、家中の窓を点検して回った。

自室に戻ってから、僕は先ほどの電話についてもう一度考えてみた。そしてふと思った。

あのとき話を切り出すべきは、僕の方だったのかもしれない。

彼女は黙り込んでいたのではなく、僕の言葉をひたすら待っていたのかもしれない。

胸騒ぎがした。僕はシャツの上からヨットパーカを着て傘も持たずに外に出て、自転車に飛び乗って初鹿野の家に向かった。ものの数分で目的地に到着すると、玄関の呼び鈴を急かすように連打した。数秒して顔を出したのは綾さんだった。

「……なんだ、陽ちゃんか」

彼女は落胆した様子でいった。その反応からすると、僕の嫌な予感は当たっていたようだ。

「唯さんに何かあったんですね？」と僕は訊いた。

「そう」と綾さんは頷いた。「その様子だと、何か知ってるみたいだね。とりあえず、中に入って。タオルを貸すから」

「今ここで話を聞かせてください」

踵《きびす》を返しかけた綾さんは僕に向き直り、溜め息をついた。

「唯が、行方不明《ゆくえふめい》なんだ。昨晩、いつものように家を出て、まだ帰ってないの。もちろん、それだけだったら心配はしないよ。あの子が一日以上家を空けるなんて珍しいことじゃないし、帰るのが遅いのは、単に雨で足止めを喰《く》らっているだけかもしれない。……でもね、なんか、今回は嫌な予感がするの」

僕は少しの間逡巡《しゅんじゅん》してからいった。「先ほど、僕のところに無言電話がありました。根拠はありませんが、多分、唯さんからです。二分ほど無言が続いて、その後なんの脈絡もなく電話が切れました」

「もしそれが唯だとしたら、今のところはまだ、あの子は無事だってわけね」

彼女は安堵《あんど》したように目を閉じた。

「嫌な予感、というのは？」

「今思い返すと、昨晩の唯はどこか様子が変だった」と綾さんは外の雨を見つめながらいった。「昨夜《ゆうべ》、あたし、出かける寸前の唯と偶然台所で鉢合わせたんだ。こっちはお腹《なか》が空《す》いて冷蔵庫を漁《あさ》っているところで、向こうは勝手口から家を抜け出すところだった。いつもの唯ならあたしと顔を合わせてもそっぽを向くだけなんだけど、昨日《きのう》は違ったんだ。唯は台所の入り口で立ち止まって、しっかりとあたしに視線を向けて、何か珍しいものでも見るみたいに瞬《まばた》きしてた。その間、あたしは知らんぷりしてた。十秒くらいして、唯はようやくあたしを見つめるのを止めて勝手口に向かったんだけど、あの子、擦れ違い様にぺこりと頭を下げたの。……これがどれだけ異常な事態か、陽ちゃんにはわかるでしょう？」

「その際、唯さんは何もいわなかったんですか？」

「うん、無言だった」綾さんの表情がにわかに曇った。「あのね、考え過ぎかもしれないけど……昔、あたしのクラスメイトが死んだときも、あんな感じだったんだよね」

「クラスメイト？」と僕は訊き返した。

「どちらかといえば、仲の悪い子だったんだ。その子はあたしを嫌っていたように見えたし、あたしも嫌われっ放しだと癪《しゃく》だから嫌い返してた。中学二年の秋くらいに、突然その子が学校にこなくなってね。それからだいたい一ヶ月後に、その子からいきなり電話がかかってきて、一方的にお喋りを聞かされたんだ。どうして学校にこないのか訊きたかったけれど、訊いてほしくなさそうだったから止めておいた。その子、電話を切る直前に、柄にもなく『今日はありがとう』なんていってさ。それっきり」

「それっきり？」

「電話を切って数時間後に自殺したの」綾さんは声のトーンを一定に保ったままいった。「海沿いの防風林で、首を吊《つ》って死んでるのが発見された。遺書《いしょ》の一つもなかった。それから何日か経って、あたしは気づいたんだ。『ああ、あの電話はサインだったんだな』って。あの〝ありがとう〟は、ある意味じゃ断末魔の叫びみたいなものだったんだって」

僕は彼女の言葉を嚙《か》み砕いた。「綾さんは、唯さんがこれから自殺すると考えてるんですね？」

普通に考えたら、それは道理に合わない話だった。ここ最近の初鹿野は、ぐんぐん快方に向かっているように見えた。数日前のペルセウス座流星群の日だって、あんなに楽しそうにしていたではないか。なぜこのタイミングで自殺しなければならない？

いや、あるいは――と僕は思う。初鹿野は、このタイミングで自殺をすると決めたからこそ快方に向かっていたのではないか？　あと数日でこの世界とお別れできるとわかっていたからこそ、あれほど無邪気に今を楽しめていたのではないか？

「わからない」綾さんは首を振った。「ただ、そういう可能性もあるってこと。一応家出人捜索願いを出したけど、あんまり真剣には受け取ってもらえてないみたい。今は両親が捜しにいってる」

「それなら、僕たちも唯さんを捜しにいきましょう。頭数は一人でも多い方がいい」と僕は提案した。「知人にも声をかけてみます。すみません、電話を借りていいですか?」

「電話は好きに使うといいよ」彼女は振り返って廊下の固定電話を指さした。「ただ、悪いけど、あたしは捜しにいくのにはつきあえない」

綾さんの言葉に、僕はいささか強めの口調でいい返した。「下らない意地を張っている場合じゃないでしょう? 断言してもいい、このまま放っておいて唯さんが自殺したら、綾さんは必ず後悔します。数日後か数年後かは知りませんが、とにかく絶対に今日の行動を悔やむはずです。あなたは自分で思っているほど妹のことを憎めていません」

「わかってるよ、それくらい」綾さんも負けじと声を荒げた。「ただ、あたしは、あの子からの電話を待ってるの。だからここを離れるわけにはいかない」

「彼女が電話をかけてくるという確信でもあるんですか?」

「ないよ。でもね、今から捜したって無駄だよ。あの子が本気で死のうとしてるなら、あたしたちにはそれを止めることはできない。とっても頭のいい子だからね、誰かに見つかるようなヘマはしない。もうとっくに自殺を終えているって可能性もある。……でも、もし向こうにまだ迷いがあるなら、陽ちゃんにそうしたように、こっちにも電話をかけてくるかもしれないじゃない？　それを考えると、あたしにとって最善の選択は、ここで電話を待つことなの」

僕と綾さんはしばらく睨み合っていた。悔しいが、彼女のいうことにも一理あった。今から僕たちが初鹿野を捜したところで、向こうに見つけてもらいたいという意思がなければ、それは無駄足に終わるのではないか？　僕たちにできるのは、彼女の決意が揺らぐのを待って、その意思がこちら側に傾く瞬間を見逃さないようにすることだけではないのか？

しかし僕は既に一度、その瞬間を見送ってしまっていた。これから揺り戻しを待ってみたとしても、望みは薄いだろう。となると、こちらから動く他ない。

僕は綾さんの横を素通りして固定電話の前に立ち、まず檜原の家の番号を入力した。十回コール音が鳴った後、檜原の弟が出た。檜原は今そこにいるかと訊ねると、外出中ですと彼は答えた。行き先に心当たりはないかと訊くと、素っ気なく「知りませんよ」とだけいわれて電話を切られた。この雨の中、天体観望の準備にいったというわけではあるまい。となると、彼の行き先は見当もつかなかった。

千草の家に電話をかけると、すぐに本人が出た。

「詳しい事情を話している時間はない」と僕は開口一番にいった。「初鹿野が消えた。彼女を捜すのを手伝ってほしい」

「ええっと……深町くん、ですよね？」

「そうだ。雨の中悪いけれど、すぐに外に出る支度をしてくれ」

「初鹿野さんに何かあったんですか？」

「わからない。でも初鹿野の姉は嫌な予感がするといっているし、僕も彼女に同意見だ。実をいうと、ほんの一月前、僕は初鹿野の自殺未遂を目撃してる。彼女はもう一度それに挑むつもりなのかもしれない」

ここまで説明すれば、千草なら二つ返事で了解してくれると思っていた。

しかし、そうはならなかった。

受話器の向こう側で時間が止まってしまったかのように、千草は黙り込んだ。

「どうした？　なぜ黙ってる？」と僕は訊いた。

「あの、深町くん」千草は落ち着いた声でいった。「どうか私のこと、嫌いにならないでくださいね。今から、少し性格の悪いことをいいます」

「時間がないんだ。無駄話をしてる余裕は……」

「初鹿野さんのことは、放っておきましょう」

初め、僕はそれを聞き間違いかと思った。いや、脳がそれを理解するのを拒否したというべきかもしれない。

だって、僕の知っている千草は、そんなことをいう女の子ではなかったから。

「今、なんていった？」無意味と知りつつ、僕は訊き返した。

千草は僕の質問に答えず、平板な声でいった。「ねえ、深町くん。他の娘に王子を取られそうになった人魚姫に対して、魔女が用意した救済措置をご存知ですか？」

「……一体、なんの話をしてるんだ？」

「短刀で王子を殺すことです。王子の胸を短刀で刺してその血を浴びることで人魚姫の脚は尾に戻り、再び人魚として生きていくことができるはずだったんです」千草は自答するようにいった。それから畳みかけるように続けた。「深町くんが挑んだ賭け。もし、その鍵《かぎ》を握る初鹿野さんが死んでしまった場合、勝敗はどうなるでしょう？ 深町くんの恋が実るかどうかは永遠の謎《なぞ》となり、おそらく賭けは成立しなくなります。そうなれば、深町くんの命は助かるのではないでしょうか？」

「待ってくれ」僕は大声で彼女の言葉を遮《さえぎ》った。「どうして荻上が賭けのことを知っているんだ？　僕は誰にも話さなかったはずだ」

もちろん、答えはなかった。

「幸い、初鹿野さんは自ら死を望んでいます。深町くんは、その意思を尊重するだけでいいんです。短刀で刺す必要はありません。それに」彼女は軽く咳払《せきばら》いをした。「深町くん、あなたは初鹿野さんの絶望が、痣のみに起因していると思っているでしょう？」

「……もしかして、『空白の四日間』に起きたことと関係があるのか？」

「その通りです」千草は肯定した。「彼女は自身の死によって、ある罪を償《つぐな》おうとしているんです」

「なあ荻上、頼むから聞いてくれ」僕は懇願《こんがん》するようにいった。「その話には僕も大いに興味があるし、荻上がそれらの事実を知った経緯《いきさつ》だとか、色々と訊きたいことはある。でもとにかく今は時間がないんだ。こうしている間にも、初鹿野は死に向けて着実に歩みを進めているかもしれない。僕は彼女を捜しにいかなきゃならない」

「そうですか」千草は残念そうにいった。「それでは、そうしてください。私はここで、深町くんが初鹿野さんを見つけられないことを祈っています」

通話が切れた。数え切れないほどの疑問があったが、僕はそれらを保留して初鹿野の家を出た。何より先に鱒川旅館廃墟へ赴《おもむ》き、廃墟内をくまなく捜し回ったが、初鹿野の姿はなかった。続いて神社公園や防風林、美渚一高《みなぎさいちこう》、かつて通っていた小学校、茶ケ川駅《ちゃやかがわえき》など、彼女にとって思い入れのありそうな場所はすべて巡った。時間を追うごとに雨風の勢いは強まり、プールに落ちたときのように全身がびしょ濡れになり、スニーカーはもとの色がわからないくらい泥だらけになった。しかしやはり、どこを捜しても初鹿野は見つからなかった。綾さんのいう通り、初鹿野が本気で誰にも見つからずに自殺を遂行しようとしているなら、それを他人に止めることは不可能なのだ。

いや――あるいは、僕がもっと初鹿野と通じ合えていたら、彼女の行き先を突き止めることもできたのかもしれない。しかし、僕はそうではなかった。結局のところ、僕は初鹿野の考えることの半分も理解できていなかったのだろう。

最後にもう一度鱒川旅館を見て回ったが、やはり初鹿野はいなかった。午前二時頃、僕は再び初鹿野の家を訪れた。呼び鈴を押すのもためらわれたので、ドアを軽くノックした。するとすぐに綾さんが出てきた。僕の顔を見るなり、彼女は首を横に振った。

「電話もなかったんですね？」

「うん」綾さんは力なく頷いた。「そっちは？」

「まだ見つかってません。今からもう一度、それらしい場所を当たってみようと思います」

「もういいよ、疲れたでしょう？」綾さんが僕を憐れむようにいった。「休んでいきなよ。シャワー、使っていっていいからさ。その濡れた服は置いていって。着替えはうちの父親のを貸してあげる」

「ありがとうございます。ですが、お構いなく。どうせまたすぐ濡れますから」

綾さんが僕の肩を摑んだ。「ねえ、せめて三十分だけ休んでいって。陽ちゃん、今自分がどんな顔色してるかわかってる？　まるで死人みたいだよ」

「生まれつきです。よくいわれますよ」

綾さんの制止を振り切り、僕は再び雨の中に飛び出していった。

明け方まで捜索を続けたが、結局、僕は初鹿野を見つけられなかった。

ラジオ体操《たいそう》に向かう小学生たちと擦れ違いながら帰宅した。家に着くと、濡れた服を脱ぐよりも先に、非常識な時間帯と知りつつ千草の家に電話をかけた。中断していた話の続きが知りたかったのだ。訊きたいことが山ほどあった。しかし、ベルを十回鳴らしても反応はなかった。まだ誰も起きていないのだろうか？　あるいは既に出かけてしまったのだろうか？

僕は諦めて受話器を置いた。濡れた服を脱いでシャワーを浴び、熱《あつ》い湯船に長時間浸《つ》かった。頭の中は空っぽだった。風呂を上がると寝間着《ねまき》に着替え、炊飯器《すいはんき》に残った冷めたご飯に卵をかけて食べ、時間をかけて丁寧《ていねい》に歯を磨いてから布団に横になった。こんな宙ぶらりんの状況で眠れるはずがないと思ったが、瞬《また》く間に僕は意識を失い、それから五時間ほど泥のように眠った。

カーテンの隙間から射《さ》し込む鋭《するど》い陽光に引き起こされた。昨日と打って変わって、気持ちのいい快晴だった。まだ三時間ほど眠り足りないような頭痛がしたが、諦めて布団から起き上がった。何もかもが悪い夢のような気がして、しかしそれらが現実であることも理解できていた。階段を下り電話の前に立ち、受話器を取って初鹿野の家に電話をかけると、二コール目で綾さんが出た。

「まさに今、そっちに電話をかけようとしていたところ」と彼女は驚いていた。

「ということは、何か進展があったんですか？」

「うん」綾さんの声音は疲れ切っていた。「……ひとまず、最悪の事態だけは免《まぬか》れた。唯は生きた姿で見つかったよ」

僕は胸を撫で下ろし、その場にへたり込んだ。

だが、綾さんの言い方にはどこかしら引っかかるものがあった。まるでよいニュースと悪いニュースがあって、まず前者だけを聞かされたような。

「最悪の事態だけは免れた。でも、悪い事態が起きたことに変わりはない。そうですね？」

「そういうこと」と綾さんは肯定した。「あたしたちの悪い予感は的中してた。今日の未明、唯は大荒れの海の中に飛び込んだんだって」

ああ、と思わず声が漏れた。海。完全に盲点だった。どうして僕はそこを捜さなかったのだろう？　最初の自殺未遂の印象が強過ぎて、次もまた初鹿野は首吊りを選ぶと思っていたのだろうか。海という場所が自分にとって身近過ぎたことも理由の一つだろう。

「助かったのは本当に奇跡としかいいようがない。どうやら、上手い具合に波に押し戻されて砂浜に打ち上げられたみたい。見つけてくれたのは、早朝、海岸付近を散歩していた老夫婦。すぐに一一九番に連絡してくれた上に、奥さんの方が救助員資格の持ち主で、救急車が到着するまでに適切な応急手当を行ってくれたんだって。唯はまだ意識を取り戻したばかりで、深い混乱状態にあるらしいけれど、とりあえず口はけるそうだから、脳に深刻なダメージがあるわけではないみたい。……ただ、しばらく面会は無理だって。家族でさえそうだから、陽ちゃんは尚《なお》難しいだろうね」

僕は呼吸を止めて彼女の話を聞いていた。もはやどんな気持ちになればいいのかさえもわからなかった。初鹿野の無事を喜ぶべきなのか、彼女の自殺未遂を悲しむべきなのか、不幸中の幸いに感謝《かんしゃ》すべきなのか。

「これから、唯さんはどうなるんでしょう？」

「さっき、それを両親が相談してた。唯が退院したら、療養《りょうよう》のために祖母の家に預けようって話になってる。しばらくそこで、外界との関わりを断った生活を送ることになるんだろうね」

「なるほど。……確かに、それが一番いいのかもしれませんね」

綾さんが僕を慰《なぐさ》めるようにいった。「ねえ陽ちゃん、君はよくやったと思うよ。昔の友人である唯にどれだけ強く拒絶されても、君は挫《くじ》けなかった。かといって強引にことを推し進めるでもなく、辛抱強《しんぼうづよ》く、適切な距離から唯を説得し続けた。そうして毎晩一緒に出かけるほどの関係にまでなった。それだけじゃなく、唯に友達を作ってあげることにまで成功した。一番近くで唯を見ていたあたしから見て、それは陽ちゃん以外にはできない仕事だったと断言できるよ。逆にいえば、誰がどうがんばったところで、あの子の破滅願望を消し去るのは不可能だった。それだけのことじゃないかな」

「ありがとうございます」と僕は礼をいったが、やはりその後でこうつけ足した。「すみませんでした」

「だから、謝《あやま》る必要はないんだって」

綾さんは憔悴《しょうすい》した声で笑った。

通話が切れると、僕は間を置かずに千草に電話をかけた。彼女が僕の賭けについて詳しく知っていたことについて問《と》い質《ただ》す必要があった。

眠っている間に頭が整理されたのか、気づけば僕の頭の中には、千草が賭けの事情に通じていた理由について一つの仮説ができていた。

それは至ってシンプルな仮説だ。

荻上千草は、この奇妙な賭けの経験者である。

電話の女が賭けを持ちかけた相手が、僕一人ではないとしよう。数人か、はたまた数百人かはわからないが、とにかく彼女は僕以外の人間にも賭けを持ちかけており、その中には千草も含まれていた。そして千草は見事その賭けに勝ち――あるいは勝つとまではいかなくともなんらかの方法を使って賭けをやり過ごし――生き延びることに成功した。それゆえに、深町陽介というクラスメイトがかつての自分のように賭けに挑んでいることに気づけた。また賭けの抜け道についても知っていた。

現時点で明らかになっている事実から見出せる仮説の中で、これ以上妥当なものがあるとは思えなかった。無論、僕が何か重要な点を見落としているだけという可能性はある。しかしそれを踏まえても、千草が賭けの経験者であるという仮説にはどこか特別な説得力があった。

「もしもし？」千草が電話に出た。「深町くんでしょう？」

「そうだ。初鹿野が見つかった。今日の未明に海に飛び込んだらしい。運よく命を落とさずに済んだらしいけど、しばらくは面会も難しいそうだ」

「そうですか」とだけ千草はいった。それ以上の感想はないようだった。まるで初めからそうなるのをわかっていたかのような落ち着きぶりだった。

「昨日の話の続きが聞きたい」と僕はいった。

「では、私の家にきてください。長い話になりそうですからね。それに、深町くんに見てもらいたいものがあるんです」

「見てもらいたいもの？」

「なるべく早めにきてくださると助かります。もう、あまり時間がないようですから」

それだけいって、千草は一方的に電話を切った。

あまり時間がない？

なんのことをいっているのだろう、と僕は首を捻った。その〝見てもらいたいもの〟

とやらは時間の経過によって消えたり損なわれたりするようなものなのだろうか。

ともあれ、僕は千草の言葉に従い、彼女の家に向かった。

色々な物事が、終わりに近づいていた。道路の至るところに蝉の死骸《しがい》が転がっていた。干涸《ひから》びた死骸には小さな蟻《あり》がびっしりと群がっていて、遠くから見ると地面そのものがうごめいているようだった。

いつしか蝉時雨《しぐれ》はツクツクボウシの声が大半を占めるようになり、夏は終盤《しゅうばん》へと突入しつつあった。暑い日はこれからもしばらく続くだろう。しかしここから先、もう上昇はない。ひたすら下降するだけだ。

入り組んだ坂道の住宅街に入り、ややあって千草の家に到着した。二階のベランダの物干しにかけられた洗濯物《せんたくもの》が、気持ちよさそうに風にはためいていた。

玄関に立ち、呼び鈴を押そうとしたところで、庭の方から僕を呼ぶ声がした。

「こっちですよ」

僕は声のした方を振り向き、丁寧に刈られた芝生に足を踏み入れた。

千草はそこで僕を待っていた。

車椅子に座った千草を見て、僕の抱いていた疑問の数々が、一度に氷解した。

「ねえ、深町くん。私、海にいきたいです」

千草はそういって、小さく首を傾けた。

彼女の手元には、小さな白い花があった。

＊

小学三年生の初夏、僕は生まれて初めて入院生活というものを経験した。

そのときも、怪我《けが》を負ったのは脚だった。海岸まで続く坂道を自転車で下っていた僕は、ブレーキをかけずにどこまでいけるか試してみたくなった。坂の終盤まできて「やった、やり切ったぞ」と思ったところで段差に前輪《ぜんりん》が引っかかり、僕の体は空中に投げ出された。段差の直前でハンドルを切ったおかげで顔面からの落下は避けられたが、その代わり左膝を強《したた》かにアスファルトに打ちつけた。

最初の病院では打撲《だぼく》と診断されたが、痛みが強く歩くどころか膝を曲げることもできず、再度別の病院で受診すると全治二ヶ月の膝蓋骨《しつがいこつ》骨折と診断された。僕が大きな怪我をするのはそれが初めてだったので、僕以上に母が慌てふためいていたことを覚えている。

今でこそ入院生活を楽しむ余裕ができた僕だが、当時小学三年生で人生初の入院生活を送ることになった僕にとって、寝た切りで過ごす一日は永遠に等しかった。初めは何をして過ごせばいいのかわからず、とにかく退屈で気が狂いそうだった。まるで僕の時間だけが止まってしまったような感じだった。一日三回の食事が、唯一の刺激《しげき》であり娯楽だった。基本的には酢の物やどろどろした煮物、味つけの薄い汁物に脂身《あぶらみ》のない魚といった淡白な食事が多かったが、たまにソースやケチャップといった調味料がついたものが出るとそれだけで数時間は満ち足りた気持ちになれた。

父は僕の退屈凌《しの》ぎになればと、様々な分野の本を僕に買い与えてくれた。その頃の僕には読書の習慣《しゅうかん》はなく、活字本はおろか図鑑《ずかん》でさえろくに見ないような子供だったが、他にすることがないのでそれらの本を読む他なかった。面白いかどうかとか有意義かどうかとか、そんなことは考えず、ただ目の前にある文字を追い写真やイラストを眺めた。そうしているうちに、僕は次第に少なくない楽しみをそこに見出すようになっていった。

僕が何度も読み返したのは、手品の種明かしの本だった。テレビでよく見る、適当に引いたトランプの数字を当てたり、コップの中のコインを消したり、ステッキを空中に浮かせたりといった手品。それらがどのような仕組みで成り立っているのかが懇《こん》切丁寧《せっていねい》に解説されていた。

複雑で難解《なんかい》な内容だったが、筆者の手品師の語り口が非常に滑《なめ》らかで読みやすく、僕は世界の裏側の話でも聞くような気持ちで彼の書いた文章を読んだ。今思うと、僕は手品の種そのものを楽しんでいたというよりは、それらを概観したときに見えてくる、人間の心理的死角というものに対する筆者の考え方を楽しんでいたのだろう。たいていの人間は読書の原体験を小説や随筆に持つのだろうが、僕は手品の本から読書の悦《よろこ》びを学んだ。

もしこのとき父親が天文学に関する本を僕に与えていたら、僕は今頃檜原のような天文ファンになっていただろうか？　いや、結局手品にはほんの一、二ヶ月で飽きてしまったから、天文学の本でもそれは同じことだったかもしれない。いずれにせよ、そのような仮定はするだけ無駄だ。星を好きになった深町陽介が送る人生は、今ここにいる深町陽介が送ってきた人生とはまったく別物になるだろう。そうなれば、初鹿野に恋をすることだってなかったかもしれない。

僕の入院していた部屋は男女同室で、全部で四人の子供がそこにいた。男の子が三人と、女の子が一人。怪我の箇所は人それぞれだが、皆重い怪我を負っていた。

正面のベッドの女の子は僕と同様に脚を骨折しているらしく、片足がギプスで覆われていた。怪我をしていない方の脚の極端な細さと包帯を幾重にも巻かれた脚の太さは、潮招《しおまねき》の鋏《はさみ》みたいにアンバランスだった。入院生活で気が滅入《めい》っているのか、それともともと暗い性格なのかはわからないが、とにかく彼女はいつも暗い顔をしていた。もっとも、病室で常に明るい笑顔《えがお》を振りまいている長期入院患者など一人も見たことはないが。

三、四日に一度、その女の子の母親が見舞《みま》いにきた。決して頻度としては少ない方ではない。しかし母親が例外なく病室を訪れてから十分以内に「じゃあ、お母《かあ》さん忙しいから」といって早々に帰ってしまうことが、かえって女の子の寂しさに拍車をかけているようだった。女の子は母親が見舞いにくると、どうにかして十分以内に自分の入院生活の辛《つら》さをわかってもらおうとして一方的に愚痴《ぐち》や不満を並べ立てた。仕事に疲れている母親はうんざりした表情でそれを聞き流し、仕事の忙しさを理由にして逃げるように帰っていった。彼女が忙しいのは紛れもない事実だったのだろうが、あれではまだ見舞いにこない方がましなのではないかと僕は思ったものだった。

母親がいなくなると、女の子は枕に顔を埋めてめそめそと泣いた。その一連の流れを目撃するたびに、僕は憂鬱になった。どうしてもっと上手くやれないんだ？　どうしてもっと素直になれないんだ？　君だって本当は喧嘩《けんか》なんてしたくないんだろう？

僕は彼女の不器用さを憎んだ――だがそれは、自分にも同じような不器用さがあることを自覚していたゆえの苛立ちだったのだと、今になって思う。

僕は泣き虫の彼女を嫌っていたが、向こうは向こうで僕を嫌っていた。僕のもとに結構な頻度で母が見舞いにきて長居していくことに、彼女は腹を立てているようだった。僕の母が病室を訪れ、花瓶の花を替えたり僕のギプスに落書きをしたりする姿を、女の子は毎回恨めしそうに眺めた。見舞いが終わって僕が一人になると、彼女は長い時間をかけてじっと僕を睨みつけた。この恨みは忘れないぞ、とでもいうように。

これは経験のある人間にしかわからないことだが、人は脚の骨を折って入院すると、実に様々な種類の不自由と惨《みじ》めさを味わうことになる。大袈裟にいえば人としての尊《そん》厳《げん》いくらかを奪われ、途方もない無力感に襲われるのだ。僕と彼女は、そうした無力感に抗《あらが》うため、手近な人間を憎むことでどうにか活力を維持していたのかもしれない。

僕と彼女の間に停戦協定が結ばれたのは、僕が入院して一ヶ月が過ぎた頃だった。

その日、僕がいつものようにベッドで本を読んでいると、すっかり薄暗くなった窓の外から祭囃子《まつりばやし》が聞こえてきた。

怪我をしている方の脚を庇《かば》いながら時間をかけて片足で立ち上がり、窓際に立って外を見下ろすと、薄暗い通りを何十人もの人が同じ方角へ向かって歩いていた。家族連れが多いが、学校帰りと見られる制服を着た学生も大勢いた。僕と同じくらいの年格好の子供も少なくなかった。そして誰もが一様に笑い合っていた。

通りを流れる人々を観察しているうちに、僕はその中に何人かのクラスメイトを発見した。反射的に声をかけようとしたが、寸前で思い直した。ここで彼らと言葉を交わせば、一時的には寂しさが紛れるかもしれない。しかし、祭りに向かう彼らと病室の窓から顔を合わせてしまったその瞬間、あちら側とこちら側の間に明確な境界線が引かれてしまう——そんな気がした。

いや、境界線は既に引かれてしまっているんだ、と僕は思った。これまで僕がその存在に無自覚だっただけだ。僕と学校の皆との間には、既に取り返しがつかないほどの隔たりが生じてしまっている。僕がベッドに寝転がって天井《てんじょう》の染みを数えている間にも、彼らは友人とかけがえのない時間を過ごし、大切な思い出をたくさん作っているのだ。

自分だけが、世界から完全に置いてけぼりにされてしまった気分になった。いつの間にか、目が涙で滲《にじ》んでいた。慌てて目を擦り、それが流れ落ちてしまう前に拭き取った。僕はベッドに腰を下ろしてゆっくりと深呼吸し、目をつむって涙腺《るいせん》の活動が収まるのを待った。

そのときふと、すぐ近くでしゃくり上げるような声が聞こえた。自分でも気づかないうちに泣き声を漏らしてしまっていた、というわけではなさそうだった。目を開くと、例の女の子がベッドから身を乗り出して窓から外を眺めているのが見えた。

彼女の頰は、涙で濡れていた。

きっとあの子も僕と似たような孤独感を味わっているのだろう、と僕は思った。

このとき僕が彼女を慰めてあげようなどと考えたのは、そうすることによって遠回しに自分自身をも慰められるとわかっていたからだと思う。つまり——自分の不幸を慰めるのは難しいが、自分の不幸とよく似た他人の不幸を慰めるのはそれほど難しくない。そして自分の不幸とよく似た他人の不幸を慰められることが証明された後では、自分の不幸を慰めるのは容易《たやす》い。そういうことだ。

僕は床頭台《しょうとうだい》からハンカチを取り出し、テーブルの花瓶から小さな白い花を一本抜き取って適切な長さに折った。そして必要な準備を整えた後、片足で慎重に立ち上がり、女の子に声をかけた。

慌てて涙を拭いて振り向いた彼女の目前に、僕は両手のひらを掲げ、そこに何も握られていないことを確かめさせた。女の子はきょとんとした顔で僕の手のひらと顔を交互に見て、「なんでしょう？」としゃっくり混じりの声で訊いた。

「なんだと思う？」と僕は訊き返し、向こうの警戒心《けいかいしん》を解くために表情を崩した。きっと、とてもぎこちない笑顔だったと思う。「すぐにわかるよ」

僕は左手の上にハンカチを被《かぶ》せ、右手で念を込めるようにそれを撫でた後、すっとハンカチの覆いを外し、そこに現れた白い花を女の子に差し出した。女の子は目を見開いて何度も瞬《しばた》かせ、おそるおそる両手で花を受け取り、それを色んな角度から眺めた。花が造花ではなく本物であることを確かめた彼女は、それを愛《いと》おしそうに枕元の小振りな花瓶に挿《さ》し込んだ。そしてまた僕に向き直り、泣《な》き腫《は》らした顔でにっこりと僕に微笑みかけた。

それからというもの、僕は一日に一度、その日練習した手品を女の子の前で披露《ひろう》するようになった。夕食を終えて食器が片づけられると、彼女は僕に手招きし、両手を行儀よく膝に乗せて僕のショーが始まるのを待つ。僕は片足で彼女のベッドの脇まで歩いていって椅子に腰かけ、その一日密《ひそ》かに死にもの狂いで練習した手品を、さもやり慣れているかのような顔で披露する。手品の出来にかかわらず、彼女は両手を小さく叩いて拍手をしてくれた。

次第に僕らは手品を間に挟まなくとも自然に会話を交わせるようになった。そのほとんどはご飯がおいしかったとか看護師《かんごし》の包帯の巻き方が気に入らないとかいった他愛《たわい》のない話だった。

一度だけ、女の子は僕の痣を話題にあげた。

「その痣、中々治りませんね」

「ああ、これか」僕は痣のある部分に軽く手を触れた。「これは生まれたときからあるんだ。怪我じゃないよ」

「へえ、生まれつきなんですか……」彼女は不思議そうに僕の痣を眺めた。「痛みとか痒《かゆ》みとか、そういうのはないんですね？」

「ああ。まったくないよ」

「よかった」と彼女はほっとしたように微笑んだ。

それから――一度だけ、彼女が弱音を吐いたことがあった。

「あなたは、一生車椅子で生活することになったらどうします？」

手品を終え道具を片づけて自分のベッドに戻ろうとする僕に、彼女は訊いた。

僕は窓枠に摑まって立ち止まり、しばらく彼女のいったことについて思いを巡らせた。

「わからない。考えたこともなかった。どうしてそんなことを？」

女の子はうつむいてうつろな笑みを浮かべた。「私が、そうなるかもしれないからです」

「医者に、そういわれたのか？」

「ええ。そうなる可能性もゼロではないと、だいぶ前にいわれました。少なくともちょっとした神経麻痺《まひ》は残るだろう、って」

僕は長い間考え込んでから答えた。

「僕だったら、大泣きするんじゃないかな。何日も何日も泣き続けて、母さんや看護婦さんや君に思いっ切り八つ当たりしたりわがままをいったりする。一生歩けなくなるなら、それくらいしたって許されると思うから」

女の子は「そうですね」といって何度も繰り返し頷いた。まるで一度頷くごとに納得の度合いを深めていくように。そしてふと思い立ったように顔を上げ、僕の袖を引いてベッドに座らせた。ギプスで覆われた脚を両手で持ち上げもどかしそうに姿勢を微調整した彼女は、そっと背後から僕に抱きつき、額を僕の背中に埋めて泣いた。

それが彼女の〝わがまま〟だということは、当時の僕にもなんとなくわかった。だから何もいわずそれを受け入れた。彼女は長い間泣いていた。体中の水分を出し尽くそうとしているみたいだった。まだ十歳にも満たなかった僕は、彼女にどんな言葉をかけてやればいいかわからなくてずっと黙り込んでいた。十六歳になった今でも、僕はそのときかけてやるべきだった言葉を思いつけずにいる。

僕が退院するとき、女の子は「脚が治ったら会いにいきますから」といって、僕の住所と電話番号を聞き出した。僕も彼女の住所や電話番号を知りたかったが、向こうから電話がかかってきたらそのときに聞き出せばいいかと思った。そしてそれまでに色々な手品を覚えておかなくては、とも思った。

小学三年生の頃の僕は、今の僕とは比べものにならないほど楽天的だったのだ。退院から一ヶ月、二ヶ月と経っても、一向に女の子からの連絡はなかった。半年が過ぎても、電話の一本すらこなかった。

一年が過ぎた頃、もう二度と彼女には会えないのだろうな、と僕は悟った。あの子が僕との約束を破るわけがない。つまり、彼女の脚は治らなかったのだ。

次第に、僕はその女の子のことを忘れていった。僕の中で、彼女の存在感は日に日に薄れていき、大きな病院の前を通りかかったときに「そういえば、あんな子がいたな」と思い出す程度になった。やがてそれすらなくなり、顔も名前も忘れ、僕が彼女と過ごした短い夏の思い出は記憶の奥底に埋もれてしまった。

＊

あの日自転車で下った海に続く坂道を、今僕は車椅子を押して下っていた。道沿いの錆《さ》びたガードレールはあちこちが蔦《つた》で覆われていた。両脇の防風林では何千匹という蟬が鳴いていて、巨大な発条式《ぜんまいしき》のおもちゃの中にいるみたいな喧《やかま》しさだった。

「僕が退院した後、荻上はすぐに退院したのか？」と僕は訊いた。

「すぐに、とはいきませんでしたね」千草は振り向かず、遠く見える海に視線を固定したままいった。「私が小学校に戻ったのは、深町くんの退院のおよそ半年後です。そしてその頃には、クラスメイトは私のことなんてすっかり忘れていました。あれくらいの子供にとって、一人の女の子の存在を忘れ去るには半年もあれば十分なんです。もともと私の存在感が薄かった、というのもありますけれど」

「かといって、転校生のように関心を抱かれるわけでもない」

「ええ、まさにその通りです」千草は弱々しく微笑んだ。「車椅子生活が始まってからというもの、私の交遊範囲《はんい》はどんどん狭《せば》まっていきました。障《しょう》がい者《しゃ》として差別された、というわけではありません。幸い参葉小学校ではその手の教育が行き届いていたんです。……でも、いくら差別がないといっても、結局のところ私が歩けないという事実に変わりはありません。人は私と一緒にいると様々な行動を制限されることになります。活動的な遊びをするわけにはいかなくなりますし、ちょっとした段差に出くわすたびに私の乗った車椅子を持ち上げなければなりません。彼女らは私を嫌ってはいませんでしたが、私と行動する際につきまとう不自由さを心底嫌っていました。皆、最初は物珍しがって車椅子を押したがり、障がい者の面倒を見てやっている自分に陶酔するのですが、一週間も経つと面倒が勝《まさ》るようになって、あからさまに私を避けるようになるんです。自然と、人々は私から離れていきました」

その過程は容易に想像できた。僕の中学にも車椅子の女の子がいたが、やはり彼女も嫌われているわけではないのに避けられており、いつも教室の隅で文化部の物静かな女の子たちのグループに加わって必死に話を合わせていたことを思い出す。

「以前、中学時代の私を『誰にでも好かれるけれど、誰にとっての一番にもなれない』などと表現しましたが、あれは真っ赤《まっか》な嘘なんです。普通の人間だと思われたくて、ついあんな嘘をつきました。本当の私は、誰にでも好かれるどころか、どこにいても疎まれる存在でした。私はここにいてはいけない人間なんだろうな、と一日に何百回も思いました。そういうとき私はよく、顔に大きな痣のある男の子と過ごした日々に思いを馳《は》せ、心の慰めとしました。それは私にとって、幸せの象徴だったんです。どんな不自由の中でも素敵な思い出は得られるという、たった一つの証拠でした。そしてだからこそ、深町くんと連絡を取るわけにはいかなかったんです。もし深町くんが私を拒《こば》んだら、たった一つの拠りどころさえ消えてしまうことになるから。……けれども、美渚第一高校に入学後、私はクラス名簿《めいぼ》の中にその名前を発見します」

千草は身を捩《よじ》って振り返り、僕の顔を見つめた。

「確かにそこには、『深町陽介』の名前がありました。嬉しくなかったといえば、嘘になります。初恋の男の子と同じ教室で高校生活を送れるなんて、夢のようでした。でもさすがそれ以上に、私は深町くんとの再会を恐れていました。今の私を、深町くんがあの頃と同じように受け入れてくれるとは限りません。仮に昔のような親しい間柄に戻れたとしても、それ以上の関係の発展は望めそうにありませんでした。十六歳の男の子にとって、車椅子に乗った女の子というのは、恋人にする上で色々と不都合がありますから」

彼女は再び視線を前方に戻し、片手で自分の脚を撫でた。

「この脚さえ動けば、と思いました。自由に走り回れなくてもいいから、せめて、誰かと並んで歩けるくらいに動いてくれれば。私だって、人並みに恋をしてみたかったんです。……それから三ヶ月後、私は放課後《ほうかご》の学校で公衆電話のベルの音を聞きました。ちょうど、五十日前のことです」

下り坂が終わり、両脇の防風林が途絶《とだ》え、陽光にきらめく巨大な海が姿を現した。防波堤をうろついていたカモメは、僕たちが近づいてくるのを見るとばたばたと慌ただしく飛び去っていった。

「私が突然自分の脚で歩けるようになったことに驚いたのは、医師と家族だけでした。それ以外の人間からは、『ああ、ようやく怪我が治ったんだ』程度の反応しかありませんでした。本人にとっては一生ものの悩みでも、周りからすればその程度なんですよね。……そして、七年ぶりに再会した深町くんは、私のことを忘れてしまっているみたいでした。もちろん、『あのとき病室が一緒だった女の子だよ』といえばすぐにでも思い出してくれたんでしょうけど、私はあえてそうしませんでした。どうせなら、一からやり直そうと思ったんです。これまでの惨めな自分を忘れて、一人の平凡な女の子として」

防波堤の先端までくると、僕たちはしばらく無言で波の音に聴《き》き入った。海の向こうには、空のてっぺんまで届いてしまいそうなほど分厚い入道雲が浮かんでいた。

「ねえ、深町くん」と千草が口を開いた。「もしあの日、隣の席になった私が、車椅子に乗った女の子だったら、こんな風に仲よくはなれなかったと思いますか？」

「いや」と僕は首を振った。「並んで歩く代わり、今日みたいに、僕が君の車椅子を押して歩く。それだけの違いだったと思う」

千草は嬉しそうに笑った。

「……ひょっとしたら、私は、賭けなんかに乗らず、ただ素直に『あのときの病室の女の子です』といえばよかったのかもしれませんね」

「そうかもしれない」と僕は頷いた。

「でもそうしたら、私は深町くんと一緒に町を駆け回ったりプールに忍び込んだりできなかったわけですから、やっぱり賭けに乗って正解だったかもしれませんね」そういうと、彼女は両手を組んで伸びをした。「……でも、夏祭りには出たかったなあ。せっかく深町くんと朗読の練習とかしたのに」

それから千草は思い出したようにポケットを探り、僕に手紙を差し出した。

「ここに、深町くんの知りたかったことが書いてあります。後で読んでください」

僕は礼をいい、手紙をポケットにしまった。

その後、僕たちはこの夏に起きたあれこれについてぽつぽつと語った。登校初日から眠っていた僕を千草が起こしてくれたこと。校内を案内してもらったこと。生まれてから一度もカップラーメンを食べたことがないという千草にそれを食べさせたこと。悪人になるべく一緒に色んな悪事を働いたこと。裸でプールを泳ぎ回ったこと。深夜に家を抜け出して、四人で数え切れないほどの彗星を見たこと。

話も尽きかけた頃、ふと千草が空を見上げて、「深町くん、あれ」と真上を指さした。

白い飛行機雲が、一直線に空に伸びていた。

僕たちは長い間それに見とれていた。

視線を戻したときには、千草の姿は消えていた。

持ち主を失った車椅子だけが、そこに残されていた。

足下に目をやると、防波堤に打ちつける波から生じた白いあぶくが海面に浮かんでいた。

僕は防波堤の縁《ふち》に座り、あぶくが音もなく海に消えていくのをじっと見つめていた。

いずれ僕も彼女と同じ道を辿るのだろう、と僕は思った。

第9章　僕ではない誰かの名前

　翌日の午後、檜原が僕の家を訪れた。呼び鈴は十秒間隔で何度も鳴っていたし、僕の耳にもその音は聞こえていたのだが、呼び鈴の音とそれが意味しているものが上手く結びつかず、来客に気づくまでしばらく時間がかかった。

　僕は布団からむくりと起き上がり、カーテンを閉め切った薄暗い部屋を出て、眩《まぶ》しさに目を細めながら階段を下りた。来客が檜原であることは呼び鈴の押し方でわかった。彼が連絡もなしに直接訪ねてくるのは滅多《めった》にないことだった。ひょっとすると、初鹿野か千草、もしくはその両方に起きた異変に早くも気づいたのかもしれないな、と僕は思った。

　ドアを開けるなり、檜原は僕に詰め寄った。彼にしては珍しく、その表情は困惑と焦りに満ちていた。

「お前、どこまで知ってる？」と彼は訊いた。

「多分、そっちから話した方が早い」僕は彼の脇を抜けて外に出ると、玄関前の階段に腰を下ろした。「どこまで知ってる？」

　檜原はしばらくものいいたげな目で僕を睨んでいたが、やがて諦めたように肩を落とし、僕の隣に座り込んだ。

「昨日の昼頃、千草から電話があった」檜原はポケットから煙草を取り出し、落ち着きのない手つきで火をつけた。「一応電話番号は交換していたが、向こうから電話がかかってくるのは初めてだった。驚いた俺が『どうした？』と訊くと、千草はいった。『いいですか、檜原さん。これから私のいうことを、よく聞いてくださいね』。意味はわからなかったが、ひとまず俺はそれを承知した」

昼頃というのは、おそらく僕が千草の家に着く前のことだろう。彼女は僕に手紙を残すだけではなく、檜原にも電話をかけるという形でメッセージを残していたのだ。

檜原は続けた。「短いのに、要領を得ない話だった。『これから、いくつか奇妙なことが起こるかもしれません。でも、誰のことも責めないであげてください』、そう千草はいった。『それだけか？』と俺が訊ねると、『それだけです』と答えた。直後、電話が切れた。なんだか気になる物言いだったが、その日は天体観望日和《びより》だったし、夜に会ったとき本人に直接確かめればいいだろうと思った」

「奇妙なこと、か」と僕は彼の言葉を繰り返した。「荻上は、そういったんだな？」

「ああ、一字一句違《たが》わずな。そして昨晩、廃墟には誰一人として現れなかった。これが千草のいう〝奇妙なこと〟なんだろうか？　そう俺は思った。でもその考えは、今一つしっくりこなかった。なんというか、千草ならこういう事態を〝奇妙なこと〟とは表現せず、もっと別の言い回しをする気がした。ひょっとすると、三人が姿を見せないのは、既に起きてしまった〝奇妙なこと〟が及ぼした影響のほんの一部に過ぎないんじゃないか？　俺はそう考えた」

「それで、荻上に電話をかけた」

「ああ。今日の午後になって千草の家に電話をかけたが、誰も出なかった。いよいよ嫌な予感がして、俺は時間を置いて何度も繰り返し電話をかけた。夕方頃になって、ようやく受話器が取られた。電話に出たのは千草の母親らしき人物だった。千草は今そこにいるかと訊ねると、彼女はしどろもどろの言葉を返した。なんだかひどく取り乱しているようだった。これは本当にまずいことが起きたんだろうな、と俺は直観した。自分が千草と親しい友人だということを伝えると、向こうは突然堰《せき》を切ったみたいに泣き出した。そうして俺は、千草が今朝方《けさがた》、水難事故で亡くなったことを知らされた」

「水難事故？」思わず僕は訊き返した。千草は確かに、僕の目の前で泡になって消えたはずだ。だが死因がはっきりしているということは、どこかで遺体が見つかったということに他ならない。「一体どこで？」

「隣町の海岸に打ち上げられていたそうだ。発見者がすぐに救急車を呼んだが、もう手遅れだった。千草の母親は娘の事故死に伴う手続きに追われていて、俺の電話に出たときは必要な荷物を取りにきたところだったらしい。俺はあまりのショックにお悔やみの言葉すらいえなかった。千草が死んだ？　とてもじゃないが、信じられなかった。だが同時に、俺は心のどこかで納得していた――ああ、〝奇妙なこと〟というのはこれのことだったんだな、と」

檜原は一本目の煙草を吸い終えると、時間を置かず次の煙草に火をつけた。まるで自分の感情を煙でごまかそうとしているみたいに。

「俺には、千草が自分の死期を悟っていたとしか思えなかった。となると、彼女の死は水難事故ではなく自殺だったという可能性が出てくる。だが千草が死ななきゃいけない理由なんて、俺には思いつかなかった。確かにあの子がしていた恋は報われる見込みのないものだったが、それを理由にして自殺するような女の子じゃない。ふと、深町ならその事情を知っているかもしれないと思い電話をかけたが、そのときお前は家にいなかった。そこで次に、俺は初鹿野の家に電話をかけた」

初鹿野の名が出た途端、これまで一定の調子が保たれていた檜原の声音に揺らぎが生じた。彼は悲しんでいるというよりは、何かに対してひどく腹を立てているようだった。

「電話に出たのは初鹿野の母親だった。初鹿野は家にいるかと俺が訊くと、ここでもまた曖昧《あいまい》で歯切れの悪い答えが返ってきた。千草のときと同じように俺は自分が初鹿野の親しい友人であることを告げたが、こっちの母親は用心深かった。長い押し問答の末、突然電話の相手が若い女に代わった。おそらく初鹿野の姉だと思う。彼女は俺にいくつか質問をして、俺が本当に初鹿野の友人であることを確かめた。俺が嘘をついていないことがわかると、彼女は『疑って悪かったね』と謝罪した後で、初鹿野の身に起きたことを説明してくれた」

檜原はそこで僕の反応を窺《うかが》うように言葉を切った。

「初鹿野は、千草とは別の時間、別の場所で、けれども同じように水難事故に遭っていた」と僕は彼に代わっていった。「そうだろう?」

「一体何が起きてる?」檜原は煙草を足下に落とし、吸い殻を踏みつけてぼろぼろになるまで地面に擦りつけた。「お前は何か知ってるんじゃないのか?」

「いや、僕もそれ以上の情報は持っていない」

「でも、心当たりくらいはあるだろう?」

「わからない」と僕は頭を振った。「なあ、檜原。悪いけど、しばらく一人でいさせてほしいんだ。まだ僕も色々なことが受け入れられないし、頭の整理もできていない。もし何か思い当たることがあったらこっちから連絡する。だから、今日はもう帰ってくれないか」

檜原は僕の心の内を探るように、こちらの表情の些細《ささい》な変化に目を凝《こ》らしていた。そしてそこに本物の悲しみらしきものがあることを察したのか、諦めたように溜め息をついた。

「俺は俺なりの方法で二人の水難事故の原因を調《しら》べてみる。納得ができる答えが得られるまで、とことんやる。そしてもし千草の死が事故ではなく何者かの手によってもたらされたものだとわかったら、俺はその犯人を見つけ出して徹底的《てっていてき》に痛めつける。事情によっては、千草と同じ目に遭わせることも辞さない」

檜原は立ち上がり、ぼろぼろの吸い殻を蹴《け》って排水溝に落とした。

「気が向いたら連絡しろよ。じゃあな」

「ああ、わかった」

彼が帰った後、僕は再び自室にこもって布団に寝転んだ。千草の死を公的な事実として知らされたことで、僕は体の一部分がごっそりと削り取られてしまったような喪失感に陥っていた。

〝僕もそれ以上の情報は持っていない〟と僕は檜原にいった。もちろんそれは嘘だった。僕は少なくとも千草の死の真相については詳細まで知っていた。それどころか、見方によっては僕が彼女を殺したようなものだった。

そして千草が別れ際にくれた手紙には、初鹿野が償おうとしていた「罪」について詳しく書かれていた。あの空白の四日間に、何が起きていたのか。千草は僕のためにそれを独自に調べ、真相と思われるところまで辿り着いていたのだ。

「本当はもっと早く、このことを深町くんに伝えるべきだったのでしょうけれど」と手紙には書かれていた。「競争相手を蹴落とそうとしている嫌な女の子のように思われるのが怖くて、これまでずっと黙っていました。すみません」

僕はそれを読んで、初鹿野がなぜこのタイミングで自殺しなければならなかったのかがなんとなくわかった気がした。

多分、初鹿野は、誰よりもあの天体観望の日々を楽しんでいたのだ。

そしてだからこそ、これ以上自分だけが生き続けているわけにはいかないと思ったのだろう。

*

洗面台の鏡《かがみ》の前に立ち、油性ペンの蓋《ふた》を開け、ペン先を目元に押しつけた。鏡に近寄り間近で見てみたが、その黒点はとても自然に僕の肌に馴染んでいた。何も知らない人が見れば、本物の泣きぼくろだと思うだろう。

檜原が僕の家を訪れてから二日が過ぎていた。その間、僕はカーテンを閉め切った自室にこもって過ぎ去ったあれこれについてひたすら自問し続けていた。僕は初鹿野を部屋から連れ出すべきではなかったのか、初鹿野が再び自殺に走ったのは僕がよけいなお節介《せっかい》を働いたせいではないか、千草を救う方法は本当になかったのだろうか、僕がもっと早く初鹿野を諦めていれば少なくとも千草の命だけは助かったのではないか、この最悪の結末を招いたのは他でもない僕自身だったのではないか……一度考え出すと止まらなかった。自分のしてきたことは何もかも的外れだったように思えた。

一日中布団に横たわって天井を眺めていると、初鹿野が薄暗い部屋にこもっていた理由がわかった気がした。一度後悔の渦に飲まれると、もう何をしても事態を悪化させてしまうだけではないかという無力感が脳を支配するようになり、自室の外に出ることさえ困難になってしまうのだ。そして常時、漠然とした死への憧れにつきまとわれるようになる。まるで何かの呪《のろ》いにかけられたみたいに。

窓の外では相変わらず蟬が鳴いていたが、一週間前と比べるとその数は著しく減少していた。日が暮れるのも、心なしかずいぶん早くなったように感じられる。暑いことには暑いが、耐え切れないほど暑い日というのは十日ほど前に経験したきりだ。夏の終わりが先か、僕の死が先か。僕はできることなら夏が終わってしまう前にこの世界を去りたかった。入道雲が消えてしまう前に、蟬がいなくなってしまう前に、ひまわりが枯れてしまう前に。いつだって、一番寂しいのは、そこを最後に去る者だから。

二十日の朝、電話があった。食事さえ億劫《おっくう》になっていた僕だったが、電話のベルの音を聞いた途端、自然に体が動いた。僕の体はまだ、初鹿野と電話が繋がったときの喜びを忘れられずにいたのだろう。

電話の主は檜原だった。

「この四日間、駆けずり回ってたよ」と彼はいった。「でもおかげで、大体のことはわかった」

「大体のこと？」まさかたったの四日で電話の女との賭けのことまで突き止めたわけではあるまいと思いつつ、僕は訊き返した。

「ああ。二人が海に落ちた理由が、大体わかった。千草と初鹿野、二人の経歴を洗ってみたんだ」

「一体どうやって？」

「まず千草についてだが」彼は僕の問いを無視していった。「彼女の経歴に関しては、これといって怪しい点はなかった。他人との揉めごととは無縁の、落ち着いた生活を送っていたみたいだ。ただ一つ意外だったのは、千草が小学生の頃からつい最近まで、車椅子生活を送っていたらしいってことだ。事故で腰椎《ようつい》を損傷して長い間立つこともままならなかったが、ようやく歩けるようになったところだったそうだ」

「それで」僕は先を促した。「初鹿野の方は？」

「対照的だよ」彼は不吉なニュースを読み上げるようにいった。「かつての初鹿野の同級生に聞き込みをして回ったんだが、初鹿野について訊ねると皆口を揃えていうんだ。『昔はあんな子じゃなかった』、『素直で明るくて皆に好かれていた』と。ほとんどの人はその変貌《へんぼう》を、中学二年の冬に彼女の顔にできた痣のせいだと考えているみたいだった。痣ができてから徐々に性格が変わって、半年も経つ頃には人が変わったようになっていた、というのが大方の見解だった。……だが、中には違った見方をする人たちもいた。中学三年の夏、初鹿野が、なんの予告もなしに四日間連続で学校を休んだことがあったらしい。そしてその四日間を境に、素直で明るく皆に好かれていた初鹿野は、今のような無口で暗い人間に変わってしまった――というのが彼らの見解だった」

受話器の向こうで彼がソファか何かに腰を下ろす音がした。

「普通に考えたら、筋が通ってるのは前者の見解だ。人の性格というのは四日や五日で変わるものじゃない。だが俺にはなぜか、その空白の四日間にこそ俺の疑問を解く鍵がある気がした。……結果からいえば、その勘は的中していた。初鹿野が学校を休んだのは夏休みが始まる直前、七月二十日前後のことだったそうだ。俺はその辺りに絞って、初鹿野の身の回りで起きた出来事について調べ上げた。彼女の所属するクラス、学年、学校と徐々に範囲を広げていくうちに、俺は一つの奇妙な事件に行き当たった。それは隣町で起きた事件で、空白の四日間の二日目と日付が重なっていた。その日、山奥の廃墟で、二人の女子中学生の焼死体が発見されたそうだ。自殺で、きちんと遺書も残されていたと、新聞にはそう書かれていた」

彼の調査の手際のよさに内心驚嘆《きようたん》しつつ、僕はいった。「ニュースにもなったし、学校の集会でも触れられたからよく覚えてるよ」

「そう、この辺りじゃ有名な事件だ。しかしその時点では、焼死した二人と初鹿野との間には何の共通点もないように見えた。だが俺には奇妙な確信があった。この二人の死と初鹿野の空白の四日間が重なっているのは絶対にただの偶然じゃない。調べを進めるうちに、予想通り、自殺した二人と初鹿野を結ぶ糸が見つかった。三人は小学生の頃、一年間だけ同じ塾《じゅく》に通っていた。……さて、ここで俺は少々発想を飛躍《ひやく》させてみた。廃墟で行われたその凄絶《せいぜつ》な焼身自殺が、実は二人ではなく、三人によって企図されていたものだとしたら？　焼死体は本来二体ではなく三体できあがる予定だったのに、途中で一人が逃げ出していたとしたら？」

僕は言葉を失った。

——檜原は、たったの四日で、そこまで辿り着いてしまうのか。

彼は続けた。「面白い仮説ではあったが、あまりに論理が飛躍し過ぎているし、証拠だって何一つない。遺書の内容さえ知ることができれば真相が明らかになるんだが、あいにく俺にそんな権限はない。諦めかけていたところで、俺が參葉中学の生徒について聞き込みをしていることを聞きつけた知人の一人から連絡があった。話を聞いてみると、なんとそいつは參葉中学校の教員の近縁だという。こっちにその気があるならいつでも会わせてやれる、とのことだった。翌日俺はその教員に会いにいって、その馬鹿げた仮説を大真面目《おおまじめ》に披露した。にべもなく否定される、と思っていた。だがその教員は、俺の話を聞き終えた後、眉間《みけん》を両指で摘んで何度も揉み解してから、こういった。『自分の口からは何もいえないが、そういうことが起きていても不思議ではない』。……妙だとは思わないか？　『自分の口からは何もいえない』としても、普通なら否定のニュアンスを残すだろう？」

「妙なことなんてない」と僕はいった。「ようするに、檜原の考えが正しかったということだろう？」

僕がくすくすと忍び笑いするのを聞いて、檜原は苛立たしげにいった。「何がおかしい？」

「いや、檜原を笑ってるわけじゃない。僕が一ヶ月かけても到達できなかった真実に、檜原がたったの四日で到達してしまったのがおかしくて堪《たま》らないんだ」

檜原は息を呑んだ。「やっぱり、全部知ってたんだな？」

「ああ。といっても、初鹿野の自殺の理由を知ったのは彼女が海に飛び込んだよりも後のことで、結局何もかも手遅れだったけれど」

檜原の語った内容は、千草の手紙に書いてあった内容と概《おおむ》ね一致していた。謎に対するアプローチや思考過程は少々異なっていたが、結論は完全に同一だった。二人の推理は互いの推理の欠陥を相互に補完し合っており、もはや初鹿野が隣町の女子中学生の自殺に関わっていたことに疑いの余地はなかった。

僕は笑うのを止めて呼吸を整えた。「なあ、檜原。いつになるかわからないが、そのうち、病室の初鹿野と面会できるようになる。そうなったら、会いにいってやってくれないか。初鹿野はお前のことが気に入っているんだ」

「悪いが、それはできない」と檜原は冷たくいい放った。「今のところはまだ、千草の不可解な死と初鹿野の自殺未遂との間に因果関係があると確定してはいない。でも一ついえることがある。それは、初鹿野が死のうとするたびに、なぜかあいつ自身ではなく、あいつの周りの人間が死ぬってことだ。……初鹿野が千草を自殺に誘《いざな》ったという俺の推論は、あるいは外れているのかもしれない。千草の死はまったく別の要因からきていて、俺の考えていることは陰謀論《いんぼうろん》めいたこじつけに過ぎないのかもしれない。だがいずれにせよ、既に三人、初鹿野と深く関わった人間が死んでいる。それは覆《くつがえ》しようのない事実だ」

その言葉が僕の頭に十分に浸透するのを待つように、彼は数秒の間を置いた。

「俺はもう、あいつとは金輪際《こんりんざい》関わりたくない。深町も、あいつに入れ込むのは程々にした方がいいぜ。でないと、お前も他の三人みたいになりかねないからな。……そして千草がいなくなってしまった今、俺があの屋上にいく意味はなくなった。天体観測の日々は、これでお終いだ。それじゃあ」

電話が切られた。

僕は受話器を置き、薄暗い自室に戻って再び布団に横になった。部屋の隅に転がっている望遠鏡のケースが目に入った。ペルセウス座流星群を見にいく日、檜原が「望遠鏡なんて持っていっても邪魔になるだけだってことをすっかり忘れてた」といって僕の家に預けていったものだった。一時期は望遠鏡に触れることも許されなかったが、最近では僕が熱心に天体望遠鏡について勉強しているのをわかってもらえて、このように望遠鏡を預けられるまでになっていたのだ。

一時は初鹿野のためになんとしても手に入れようとしていた望遠鏡だが、今となっては見るだけでうんざりした。それは僕の失敗の象徴、敗北の象徴だった。この数日間、僕は望遠鏡をなるべく視界に入れないように努力していたが、直接目にしなくともそれは部屋の片隅で存在感を放ち続けていた。いい加減こいつを檜原に返そう、と僕は思った。

重い腰を上げ、鏡筒《きょうとう》と三脚の入ったケースを抱えて家を出た。太陽はまだ照りつけていたが、陽射しはどこか弱々しく、あのじりじりとした肌を焼くような感覚はなかった。道路はトラクターが落としていったべっとりとした泥で汚れていた。どこかの家の庭でバーベキューをやっているのか、ソーセージの焦げる香ばしい匂《にお》いが生温《なまぬる》い風に乗ってやってきた。

望遠鏡のケースを取り落とさないようにしっかりと握り直して歩き出そうとしたとき、見覚えのある青い車が僕の家の前で止まった。果たして、運転席から出てきたのは雅史《まさふみ》さんだった。その様子を見る限り、偶然僕を見つけて車を止めた、というわけではなさそうだった。

「綾さんがお前を呼んでる」といって雅史さんは助手席を指さした。「さっさと乗れ」

僕は頷いて、彼の車に乗り込んだ。

＊

「先にいっておくが、俺に事情を訊いても無駄だからな」

雅史さんはひまわりの種のようにびっしりと灰皿に詰まった吸い殻の中から比較的葉が多く残っているものを選んで指先で摘み、それを咥《くわ》えてシガーライターで火をつけた。そしていかにも不味《まず》そうに顔をしかめて煙を吐いた。

「俺は綾さんに頼まれてお前を拾いにきただけで、詳しい事情は一切知らない。病院で綾さんが待ってるから、訊きたいことがあったらそのときに訊けばいい。俺が知らされているのは、綾さんの妹がその病院に入院していて、今日になって面会謝絶が解かれたということだけだ」

「つまり綾さんは、初鹿野——妹さんに僕を面会させようとしているんでしょうか？」

半信半疑で僕は訊いた。

「だから、俺は知らねえよ」と雅史さんは煙草を咥えたまま不機嫌そうにいった。「単に綾さんが病院から離れられないってだけかもしれないだろう？」

僕は頷いた。彼のいう通りだった。綾さんはただ僕と直接話をしたいだけで、しかし初鹿野の面倒を見なくてはならず病院を離れるわけにいかないから、雅史さんに僕を連れてくるよう頼んだだけという可能性もある。

曲がりくねった細い丘を上っていった先に、分厚い林に囲まれた、小ぢんまりとした町立病院があった。ロータリーで僕を降ろした雅史さんは、「俺は研究室に戻ってやらなきゃいけないことが山ほどある。帰りは自分でどうにかしろ」といって慌ただしく走り去っていった。僕は綾さんの姿を捜したが、それらしい人影《ひとかげ》は見当たらなかった。下手に捜し回るよりここで待った方がいいだろうと思い、僕は入口前の植え込みに腰を下ろし、望遠鏡のケースを膝の上に置いて綾さんがくるのを待った。

　病院の前方には大きな川が流れていた。河川敷《かせんしき》は人の背丈ほどの草木に覆われていて、どこまでが地面でどこからが川なのかはっきりしなかった。堤防上の舗装路《ほそうろ》も道脇に生い茂った雑草に大部分を浸食されており、とても人が歩けるような状態ではなかった。川の向こうにはこんもりとした緑色《みどりいろ》の山々が見え、麓《ふもと》から中腹にかけていくつか鉄塔が並んでいた。綾さんを待つ間、僕はどこに焦点を合わせるでもなくその長閑《のどか》な風景をぼんやりと眺めていた。

　ややあって、正面入り口から綾さんが姿を現した。くたくたのTシャツに裾のほつれたデニムのスカート、化粧は崩れ気味で髪も乱れており、前回会ったときと比べると三歳ほど老《ふ》け込んだように見えた。

「悪かったね、急に呼び出して」綾さんはくたびれた微笑みを僕に向けた。「雅史にも後で何か埋め合わせをしないと。……それじゃ、いこうか」

「ちょっと待ってください」僕は慌てて彼女を引き止めた。「僕はこれから、唯さんと面会させられるんですよね？」

「当たり前じゃない。それとも、他に知り合いが入院してるの？」

「そういうわけじゃありません。ただ、今の唯さんに僕が会いにいっても、逆効果なんじゃないかと思ったんです。僕が会いにくることは、本人には伝えてあるんですか？」

「伝えてないよ。でも大丈夫、安心して」綾さんは僕に笑いかけたが、その目はどこかうつろだった。「今の唯は、ここ数年にないくらいとっても穏《おだ》やかな気分でいるみたいだから。ただ――」

そこまでいいかけて、彼女は思い直したように言葉を切った。

「……いや、あたしの口から説明するより、直接会ってもらった方が早いね」

ドアを潜《くぐ》ると、消毒薬と病人たちの体臭の入り交じった病院特有の空気が僕を包み込んだ。廊下の蛍光灯は淡く青みがかった光を発し、ただでさえ陰気臭い院内をより居心地の悪い空間にしていた。リノリウムの床はあちこちが黒ずんでおり、受付前の古びたソファは修繕《しゅうぜん》の跡で一杯でなんともいえずみすぼらしかった。

受付で面会許可証を発行してもらうと、僕は綾さんに連れられてエレベーターに乗り込み四階まで上がった。ドアが開け放たれている病室の前で綾さんは立ち止まり、無言で室内を指さした。僕の立っている位置からでは角度のせいで中が見渡せなかったが、入り口に「初鹿野唯」の名前が書かれたプレートがあった。他に三人分のプレートを入れるスペースがあったが、いずれも空だった。四人部屋だが、今は初鹿野しか入院していないということだろう。

僕は胸に手を当てて深呼吸した後もう一度初鹿野の名が書かれたプレートに目をやり、腹を決めて病室に足を踏み入れた。

狭い病室の四隅にベッドがあり、入り口から見て右奥のベッドに初鹿野はいた。薄《うす》水色《みずいろ》の病衣を着た彼女は分厚いノートらしきものに読《よ》み耽《ふけ》っており、僕の来訪に気づいていない様子だった。一体何をそんな熱心に読んでいるのだろう？　僕はそっと歩み寄り、彼女の手元にあるものを覗き込んだ。内容まではわからなかったが、手書きの短い文章がたくさん並んでいることだけは確認できた。

そのとき、初鹿野がようやく僕の存在に気づいた。彼女はびくりと体を震わせ、素早くノートを閉じて僕の目から隠すように枕元に置いた。

初鹿野は僕と目が合うと、照れくさそうな顔でぺこりと頭を下げた。

その反応に、僕はいいようのない違和感を覚えた。

「初鹿野」辛《かろ》うじて喉《のど》から出てきたその声は、自分の声じゃないみたいだった。「もしかして、君は――」

「あ、あの、すみません」と初鹿野がそれを遮った。「お話をする前に、ぜひとも確認しておかなければならないことがあるのですが……」

彼女は気の毒になるくらい萎縮《いしゅく》した様子でうつむき、ゆっくりと全身で呼吸した後、思い詰めたようにいった。

「あなたのお名前は、なんですか?」

視界の景色《けしき》から色味《いろみ》が失われていき、意識を直接揺さぶるような耳鳴りがした。

言葉を失って立ち尽くす僕に、初鹿野は無邪気に語った。

「──私が今いる場所は、病室。今寝ているこれは、ベッド。窓の外に見えるのはケヤキで、季節は夏。そういう知識は、何一つ欠落していないんです。この通り、言葉もはっきりと喋ることができます。でも、鏡を見ても、そこに映っているのが自分だという気がしないんです。まるで年上の親戚でも見てるみたい」

それが記憶喪失──正確にいえば逆行性健忘──の症状であることは、誰の目にも明らかだった。おそらくは心的外傷からの逃避《とうひ》反応。あるいは低酸素脳症による記憶障害。だがそんなことはどうでもいい。

僕の関心は、記憶喪失の原因ではなく、それがもたらし得る未来の方にあった。

「だから、あなたが誰で、私とどんな関係性にあったのかもわからないんです。せっかくお見舞いにきてくれたのに、すみません」

それを喜ぶのが不謹慎《ふきんしん》だということは、百も承知だ。

だが、ひょっとしたら、あるいは。

彼女の記憶障害がごく一時的なものではなく、今後もしばらく続くとしたら。

深町陽介は、初鹿野唯と一からやり直せるのではないか？

しかし僕の期待は、初鹿野の次の言葉によってあえなく潰される。

「ただ、幸いなことに、記憶がなくなる前の私は、毎日欠かさず日記をつけていたみたいなんです。姉が持ってきてくれた荷物の中にそれが入っていました。日記といっても、箇条書きのメモと変わらないような淡白なものですけどね。……あ、だからあらかじめいっておきますけれど、私が海に落ちたのが事故じゃなくて自殺だったということは、無理に隠さなくても大丈夫ですよ」

初鹿野はそういって屈託のない笑みを浮かべた。

僕は彼女の枕元にあるノートに目をやった。思えば、僕はそのノートに見覚えがあった。綾さんの力添えで初鹿野の部屋に入ったあの日、机の上にこのノートが開いた状態で置いてあった。おそらく僕がやってくる直前まで、彼女はあそこで日記を書いていたのだろう。

初鹿野が毎日欠かさず日記をつけていたという事実は、少なからず僕を驚かせた。

とうに彼女は自分の人生への関心など失っているものと思っていた。これから自殺しようという人間が毎日日記をつけたりするものなのだろうか？　それとも、これから自殺しようという人間だからこそ毎日日記をつけていたのだろうか？

初鹿野は僕の目線に気づき、ノートと僕の間を遮るように体の位置をずらした。

「まだ日記はここ数日分しか読めていないんですが、どうやら初鹿野唯という人間は、強い自殺願望を持っていたみたいですね。原因について言及された部分はまだ見つけられていないんですが、どうせこの痣を気に病んでのことでしょう。記憶喪失は、自殺願望から逃れるための最後の手段だったのではないでしょうか。情けない話です」

話の間ずっとうつむいていた彼女はそこで顔を上げ、前髪の下から僕の目を覗き込んだ。「ええと、それで、そろそろあなたの名前をお伺《うかが》いしたいのですが……」

「もう見当はついてるんじゃないのか？」審判《しんぱん》の瞬間を一秒でも遅らせたくて、僕は回答を濁した。「日記を読んだんだろう？」

「ええ、日記を読む限り、私のお見舞いにきてくれるような人なんて限られてるみたいですから、見当はついてるんです。でも、確証がなくて」

そこでふと、彼女は僕の手元にぶら下がっているものに目を留めた。

「……それって」

初鹿野は望遠鏡のケースを指さした。

「もしかして、あなたが檜原裕也さんですか？」

長い逡巡の後、僕はゆっくりと頷いた。

そのとき初鹿野が浮かべた笑顔は、これまで一度も僕に向けられたことのない、特別な種類のものだった。

ああ、彼女は、檜原の前ではこんな風に笑うんだな、と僕は思った。

＊

長い面会を終えて病室を出ると、ずっとそこに座って待っていたらしい綾さんが大儀そうに立ち上がった。

「おつかれさま、陽ちゃん。いや、裕《ゆう》ちゃんだったかな？」

僕は深い溜め息をついた。「全部聞いていたんですか？」

「あんなに楽しそうな唯は久しぶりに見たよ。面白いことを考えたね、檜原裕也くん」

エレベーターで一階まで降り、面会許可証を受付に返却して外に出た。病院を囲む林の一帯からひぐらしとカラスの声が折り重なって聞こえた。入り口前のバス停の時刻表によると、次のバスがくるまであと二十分ほどあった。

「……僕は、どうするべきなんでしょう?」と僕は綾さんに訊いた。「このまま檜原裕也を名乗り続けるわけにもいきません」

「いくつか確認したいんだけれど」と綾さんはいった。「檜原裕也ってのは、先日あたしの家に電話をかけてきて、唯についてあれこれ探ってきた男だよね?」

「そうです」

「さっきの反応を見るに、唯はそいつに懐いていたみたいだね」

「ええ。記憶を失《な》くす前の彼女が唯一好感を抱いていた相手が檜原です」

「唯一? 陽ちゃんだって好かれてたじゃない」

「僕は嫌われていなかっただけです。でも檜原は、嫌われていないだけではなく、きちんと好かれていました」

「ふうん」綾さんは曖昧に頷いた。「それで、あの電話以来、檜原裕也が連絡をよこさないのはなぜ?」

僕は少し考えてからいった。「ここ最近、僕と唯さんが毎晩廃墟の屋上で天体観望をしていたことを綾さんは知ってますよね？」

「うん。檜原裕也は、そのメンバーの一人だったんでしょう？」

「その通りです。そして天体観望のメンバーにはもう一人、荻上千草という女の子がいました。唯さんが自殺未遂を図った翌日、その女の子がまるで唯さんの後を追うように海に落ちて死んでしまったんです。そして檜原は、荻上の死の責任が唯さんにあると考えています」

「待って、どういうこと？」綾さんは首を捻った。「なぜ唯が海に飛び込んだからって、その荻上って子が後を追わなきゃならないの？」

「あくまで、推測の域を出ない話ですが」と前置いてから僕は説明した。「昨年の夏、隣町で女子中学生二人が焼身自殺した事件がありました。檜原は、この事件に唯さんが関わっていたのではないかと疑っています。というのも、ちょうどその頃、唯さんがなんの予告もなしに学校を四日連続で休んでいるんです。そしてその四日を境にして彼女の性格が変わってしまったといっているクラスメイトも少なくないとか」

綾さんは立ち止まって思案した。「……つまり、集団自殺を一人だけ生き延びた唯が、また同じようなことをしようとして、荻上って子を巻き込んだ、ということ？」

僕は感心しつつ頷いた。さすがに初鹿野の姉だけあって、頭の回転が速い。

「もちろん、檜原が勝手にそう考えているというだけのことです。僕は唯さんの自殺未遂と荻上の死に直接の関係はないと確信しています」

「なるほどね」綾さんは考え込むように目を閉じた。「とにかく、それで檜原って男は唯を見捨てることにしたわけね？　だから見舞いにもこない」

「そう考えても問題ないと思います」

「けれども唯は、それを知らずにいる。唯一心を許せる存在であった男が自分を見捨てたことに、まだ気づいていない。何せ、檜原裕也を名乗る男が現れちゃったんだからね」

僕は肩を落とした。「すみません。あんな嘘をつくべきではありませんでした」

「そうかな？　あたしはいいアイディアだと思ったんだけど」

「本気でいってるんですか？」

「もちろん。それとも今から病室に戻って、『さっきのは全部嘘だ、僕は檜原裕也ではなく深町陽介だ、本物の檜原裕也は二度と君に会いたくないそうだ』とでも伝える？」

彼女はおかしそうに笑った。「いいじゃない、唯はすごく嬉しそうだったし、陽ちゃんだって役得でしょう？　万が一正体がばれたとしても、事情をきちんと説明すれば、許してはもらえないかもしれないけれど、納得はしてもらえると思うよ」

「どうでしょうね？」僕は首を傾げた。「そもそも、どうして綾さんは唯さんに日記を渡してしまったんですか？　彼女の記憶を戻してどんなメリットがあるというんです？　このまま何もかも忘れたままでいることが、彼女にとって一番の幸せなんだとは思わなかったんですか？」

「うん。確かに、陽ちゃんのいう通りかもしれない」と綾さんは認めた。「でもね、あたしはあの子に、客観的な立場から自分の人生を振り返ってみてほしかったんだよ。記憶を失う前の自分がいかに馬鹿げた考えに取《と》り憑《つ》かれていたかを第三者の視点から眺めてみてほしかったんだ。それは、記憶が消えている今しかできないことでしょう？」

バスが到着した。僕は綾さんに頭を下げ、ステップに足をかけた。

「明日もお見舞いにきてくれるよね？」背後で綾さんがいった。

僕は振り返っていった。「僕がここにきてなんの意味があるんです？」

「あのね、陽ちゃん」と綾さんはバスのエンジン音に負けないよう声を強めていった。「あたしは何も、唯を慰めてほしくて君をここに呼んだわけじゃないんだ。あいにく、そんなにできた姉じゃない。あたしは、一人の男の子のおとぎ話めいた好意が、このヘヴィな状況でどこまで通用するのか知りたいだけなの。それがどんなところに着地するのかを見届けたいだけなの」

ドアを閉めるから早くそこから離れろと運転手が僕に注意をした。僕がステップを上がり最寄りの椅子に座ると、間もなくバスが発車した。

僕は背もたれに体を預けて目を閉じ、面会中に交わした会話の一つ一つを振り返った。そして明日、自分が再び病室を訪れるであろうことを静かに確信した。それは抗いがたい誘惑だった。たとえ初鹿野を騙すことになろうが友人を利用することになろうが、また四年前のように彼女と親密な時間を送れるのだと思うと、他のことはすべてどうでもよくなってしまった。結局のところ、千草がいっていたように、僕の本質は悪人なのだ。

自宅傍のバス停に着く頃には日が暮れ始めていた。商店街を歩いていると、いつかのように公衆電話のベルが聞こえた。その音を聞くのはずいぶん久しぶりだった。最後にあの女から電話がかかってきたのはいつのことだっただろう？　おそらくは夏休み二日目の夜、人魚姫のたとえを用いて賭けに負けたときのペナルティを説明されたとき以来だ。

「こんな手を使ったのは、あなたが初めてです」受話器を耳に当てるなり、電話の女の呆れ声が聞こえてきた。「まさか他人の名を騙《かた》って初鹿野さんに近づくとは思いませんでしたよ。……フェアなやり方とはいえませんね」

「荻上と僕の二人に同時期に賭けを持ちかけたあんたに公正を説かれたくはないな」と僕は返した。「どう転んでも、どちらかは賭けに負けることになっていたわけだろう？」

「荻上さんに死んでほしくなければ、あなたが彼女を愛してやればよかったのですよ。彼女を見捨てたのはあなたです」電話の女はさもすべての責任が僕にあるかのようにいった。「さて……深町さん。今のうちに警告しておきますが、今のあなたは、初鹿野さんにとっては深町陽介ではなく、檜原裕也なわけです。仮にこのまま関係が進展してあなたと初鹿野さんが両想いになったとしても、彼女が愛しているのはあくまであなたの姿をしてあなたのように喋る檜原裕也です。それを賭けの勝利と認めるわけにはいきません」

「ああ、わかってる。僕は別に、賭けに勝ちたくて檜原のふりをしているんじゃない。ただそうしたいからそうしているってだけだ」

女はしばしの沈黙の後でいった。「それは、つまり『賭けに負けても構わない』ということでしょうか？」

「そういうわけじゃない。もちろん死ぬのは怖い。でも今はとにかく、初鹿野の笑顔を間近で見られるのが嬉しいんだ。たったそれだけのことに浮かれて気を取られている間に最期を迎えてしまうっていうのも、案外悪くなく思える」僕はそういって独り笑いした。「まあ、あんたにはわからないだろうがな」

「そうですか」女は素っ気なく答えたが、その声はいつもより心なしか苛立っているように感じられた。「何はともあれ、あなたのしたことは立派な不正行為です。従って、相応のペナルティを受けてもらうことになります」

「ペナルティ？」

「今後、初鹿野さんの前で自分の正体を明かすことを禁じます」と女は告げた。「一度檜原裕也さんを名乗ったからには、最後までそれを貫き通してもらいます」

「なるほど。名乗り出るための声を奪われる。実に人魚姫らしくなってきたじゃないか」僕は他人事《ひとごと》のようにいった。「これでいよいよ賭けの勝利は絶望的になったな」

「いっておきますが、先に不正を働いたのはあなたの方です」と女は冷たくいい放った。「それでは、八月三十一日を楽しみにしていますよ、檜原裕也さんの皮を被った深町陽介さん」

通話が切れる音がした。僕は受話器をもとに戻し、再び夜の商店街を歩き出した。

こうして、僕は残り十一日間の夏休みを檜原裕也として過ごすことになる。

第10章　私を見失わないで

僕と初鹿野が登下校を共にしていた頃、初鹿野の家の玄関には金魚がいた。

それは三匹の小さな和金《わきん》だった。金魚掬《きんぎょすく》いの屋台で初鹿野が取ってきたものだ。金魚鉢は小振りなスイカほどの大きさで、波打つ緑にはうっすらと青色《あおいろ》がついており、その青のおかげで水草の緑と金魚の赤がより映えていた。

当時、僕は初鹿野の家の中には入らないようにしていたはずなのだが、その三色のコントラストのことはやたら鮮明に覚えている。おそらく、初鹿野がドアを開けて顔を見せるときに彼女と正面から目を合わせるのが照れくさくて、そのたび奥の方にある金魚鉢の方に視線を逃がしていたのだろう。

夏には三匹いた金魚は、冬を迎える頃には残り一匹になっていた。そして最後の一匹も、彼（もしくは彼女）が初鹿野の家にやってきた日から一年が経過する直前に死んでしまった。金魚掬いに使われていた金魚にしては、よく保《も》った方だと思う。きっと大切に飼われていたのだろう。

何を思ったのか、初鹿野の親は、金魚のいない金魚鉢をその後も玄関に飾り続けた。

確かに金魚がおらずとも、窓から射し込んだ光が金魚鉢に当たってできる青色の影や水中でゆったりと松藻《まつも》が揺れる様子は、それだけで十二分に美しかった。しかし金魚がいた頃を知っていた僕は、赤を失ってしまった金魚鉢を見るたびにどこか物悲しい気分にさせられたものだった。

以来、空《むな》しいことや寂しいことがあると、僕の頭にはそのたとえが浮かぶ。まるで金魚を失った金魚鉢みたいじゃないか、と。

＊

翌朝、僕は駅前から出ているバスに乗り込んで美渚中央病院《みなぎさちゅうおうびょういん》へと赴いた。少し迷ったが、花は買っていかないことにした。個人的な経験からいって、花ほどもらって扱いに困る見舞い品もない。

車内は老人ばかりで、若者は僕一人だけだった。病院いきのバスだが、不思議と乗客に健康状態の悪そうな人間は一人もいなかった。しかし全員が僕のような見舞客ということはないだろう。昔読んだ本に、「具合はどうですか」と問われた老人が「もう少し具合がよかったら医者を呼びにやらなきゃならんところだ」と冗談を返す場面があったが、あれと似たような話なのかもしれない。このバスに乗っているのは自分の足で病院に通うくらいの体力は残っている人たちなのだ。

病院に着くと、僕はまっすぐ受付には向かわず、駐車場《ちゆうしやじよう》の外れにある喫煙所まで歩いていった。喫煙所はガラス引き戸のついたプレハブ小屋で、よほど昔からあるものらしく、天井は脂を塗りたくったように黄ばんでいた。辺りに人がいないのを確認してからそこで二本煙草を吸い、さらに病院の周りをゆっくりと一回りして気分を落ち着けた。受付にいって面会許可証をもらうと、深呼吸をしてからエレベーターに向かった。

僕が病室に着いたとき、初鹿野はベッドの脇に屈《かが》み込んで鞄の中を整理していた。今日の彼女は病衣姿ではなく、麻のブラウスに淡藤色《あわふじいろ》のさっぱりとしたスカートを合わせていた。「初鹿野」と声をかけると彼女は勢いよく振り向き、「檜原くん」と目を輝《かがや》かせて立ち上がった。そう、忘れてはならない。ここでは僕は檜原裕也なのだ。

「今日も、きてくれたんですね」

初鹿野はぺこりと頭を下げた。記憶喪失以前の彼女からは、考えられない反応だった。まるで僕と知り合って間もない頃の初鹿野みたいだ。

「ああ。調子はどうだ？」

「すっかり健康体です」彼女はベッドに腰を下ろして僕に笑いかけた。「午前中にきてもらえてよかったです。午後だったら、擦れ違いになっていたと思います」

「擦れ違い？　もしかして、もう退院するのか？」

「はい。つい今朝方、退院許可が下りたんです」

妙だな、と僕は思った。昔、自殺企図者の書いた手記を集めたものを読んだことがあったが、それによれば自殺に失敗して保護された者の一部は医療保護入院という形で数週間から数ヶ月間にわたって閉鎖《へいさ》病棟に入れられるらしかった。再度自殺を図る可能性が高い者は、一時的に身体《しんたい》を拘束《こうそく》されることすらあるそうだ。

病院の手緩い対応を見る限り、初鹿野が海に落ちたのは不注意による事故として扱われているとしか思えなかった。本人は今のところ非常に落ち着いているし、十六歳にして自殺企図者の烙印《らくいん》を与えてしまうよりは、事故ということで片づけてしまった方が彼女のためだと判断されたのかもしれない。あるいは本当に単なる事故だと思われているのか。

初鹿野が時計を見上げていった。「あと一時間ほどで、父が私を迎えにきます。もしよければ、その車に乗って一緒に帰りませんか？」

彼女の父親と顔を合わせるのはあまり気が進まなかったが、彼女の好意を無下《むげ》にしたくなくて僕は首を縦に振った。「ありがとう。そうさせてもらうよ」

僕は壁に立てかけてあったパイプ椅子を組み立ててベッドの横に置き、そこに座った。初鹿野はふと思いついたように手を叩き、冷蔵庫を開けてカップの水羊羹《みずようかん》を二つ取り出して片方を僕に手渡した。僕は礼をいってそれを受け取った。

空になった容器とプラスチックのスプーンをごみ箱に捨てると、初鹿野はふうと溜め息をついた。

「昨日、檜原くんが帰った後から、ずっと日記を読み進めていたんです。どうやら私は、檜原くんの他に、荻上千草さん、それと小学校の同級生の深町陽介くんとも比較的親しくおつきあいさせてもらっていたみたいですね」

「ああ、その通りだ」内心の動揺を隠しつつ、僕は頷いた。

「毎晩、四人で廃墟に集まって天体観望をしていたんでしょう？」

「そうだ。最初は初鹿野一人でそれをしていたけれど、ある日それに深町が加わって、翌日さらに僕と荻上が加わったんだ」

「毎晩顔を合わせていたということは、それなりに親しい間柄だったんでしょうね」

「まあ、完全に意気投合していたとまではいかないけれど、それなりに親密な空気はあった」

「ねえ、檜原くん」彼女は僕の目を見据えていった。「どうして檜原くんだけがお見舞いにきてくれて、他の二人からは連絡もないんでしょう？　荻上さんと陽介くんは、私に愛想を尽かしてしまったんでしょうか？」

いずれ二人について訊ねられるであろうことは、昨日彼女に日記の存在を知らされたときから予想していた。ここ半月分の記述を読んだ初鹿野が、天体観望のメンバーの他二人が姿を見せず連絡もよこさないことについて疑問を覚えるのは当然だ。だから僕は、あらかじめその質問に対する回答を用意していた。

「悪い方に考え過ぎだよ」僕は彼女を慰めるように微笑んでみせた。「まず深町だけれど、あいつにはあいつなりの持論があるらしくて、初鹿野の見舞いにいこうと誘っても、『今はそっとしておいてやるのが一番なんだ』といって聞かなかった。本当なら、僕が見舞いにいくのも止めたかったらしい。慎重というか、変な方向に心配性なんだな。そして荻上だけれど――これには僕も驚いたんだが――彼女は交換留学生として、九月からカナダに移るそうなんだ。昔からの憧れだったとか。いわれてみれば、確かに荻上は英語《えいご》だけは他の教科と比べてめっぽう得意だったじゃないか。出発直前まで教えてくれなかったのは、辛気《しんき》くさくなるのが嫌だったからだろうな」

初鹿野は考え込むように視線を落とし、二呼吸分の沈黙の後、目を閉じてふっと微笑んだ。

「優《やさ》しいんですね、檜原くんは」

「どういうことだ？」と僕はとぼけた。

「言葉通りの意味です」

初鹿野はその話題をあえて追及しないことに決めたようだった。

「それにしても、なんだか意外です。日記を読んでいると、檜原くんという人はもっと無愛想で、口の悪い方という印象があったんですけど……こうして面と向かって話していても、そういう感じは受けませんね」

「病院だから、遠慮してるんだよ」

「やっぱり、私を傷つけないように気を遣《つか》っているんでしょう？」

こういうとき檜原ならなんと答えるだろう、と僕は思考を巡らせた。

そしてこう答えた。

「ああ、そうだ。また自殺されちゃ困るからな」

すると、初鹿野の表情がにわかに明るくなった。

「そういう風に素直に接してくださると、私としても助かります」

初鹿野は自分の右側のスペースをぽんぽんと叩き、そこに座るよう僕に促した。

「こちらにどうぞ」

　僕はいわれた通り彼女の隣に腰を下ろした。転落防止用の安全柵のせいで座れる部分が限られていたので、そこに二人で座ると肩が密着する形になった。こうして近くで並んでみると、僕と彼女との体の造りの違いがこれでもかとばかりに浮き彫りになる。僕の体の設計図は直線定規と鉛筆で描かれていて、彼女の体の設計図は雲形定規と製図ペンで描かれているのだと思わせるくらいに、その差は顕著《けんちょ》だった。また造りの細やかさとは相反して、彼女の肌はまるで色の指定を忘れたみたいに真っ白だった。僕の肌はこの一ヶ月のうちにすっかり小麦色《こむぎいろ》に焼けていた。

「ねえ、檜原くん。聞かせてください」初鹿野は両手を合わせて太腿の上に置き、少し前のめりになって僕の顔を下から覗き込んだ。「私が忘れてしまった、あれこれについて。日記の情報だけでは、どうしても限界があるんです」

「そんなに焦ることはない」僕は諭《さと》すようにいった。「今はとにかく、体と心を休めるのに集中するといい。誰も急かしちゃいないんだから、ゆっくり思い出していけばいいんだ」

「でも、これ以上皆さんに迷惑をかけ続けるわけにもいかないじゃないですか。それに……」

「それに？」

初鹿野は無言で立ち上がり、窓枠に手をかけて空を見上げた。

「こんなことをいったら、檜原くんに叱《しか》られるかもしれませんけど」彼女は振り向いて、それが冗談であることを強調するような笑い方をした。「もし記憶が戻ったことで私が再び自殺を試みるとしたら、今度こそ失敗しないようにやると思います。そして、それはそれで、一つの解決ではあると思うんですよ。私の悩みは消えるし、私に振り回される人もいなくなるわけですから」

僕は思わず立ち上がり、初鹿野の肩を掴んだ。初鹿野はひどく驚いたような顔で身を竦めたが、おそらく彼女以上に僕自身が驚いていた。自分の行動に意識が追いついていなかった。おい、僕は一体何をしようとしているんだ？　しかし、考えるよりも先に体が動いてしまっていた。僕の両手が彼女の背中に回されたとき、ようやく自分がこれからどのような過ちを犯そうとしているかを理解したが、もう遅かった。次の瞬間には、僕は初鹿野を正面から抱き締めてしまっていた。

こんなに卑劣な行為が他にあるだろうか、と僕は思った。一方的に想い続けていた女の子を、他人の名前を利用して抱き締めるなんて。こればかりは完全に規則違反だ。どんな言い訳も通用しない。彼女の記憶が戻ったら、僕はさぞ軽蔑されることだろう。

でも――と同時に僕は思う。今さら何を気にする必要がある？　あと十日。あと十日で、僕はこの世界を去らなければならないんだ。せめてこれくらいの嘘は許してくれたっていいじゃないか。最後にちょっとくらい幸せな思い出をもらったって、ばちは当たらないだろう？

「ひ、檜原くん？」

初鹿野は行為の意味を問うように僕の名を――いや、彼の名を――おそるおそる呼んだ。彼女は狼狽《ろうばい》して身を強張《こわば》らせていたが、それでも僕を突き放そうとはしなかった。僕の気を鎮《しず》めようとしてか背中を優しくさすってくれたが、それは完全に逆効果だった。僕の腕は彼女の温《ぬく》もりを求め、より強い力でその体を締めつけた。

「何も思い出さなくていい」と僕は彼女の耳元でいった。「誰かが何かを忘れるのは、それが忘れるべきことだからだ。だから無理に思い出す必要なんてないんだ」

「……そういうものでしょうか？」

「そういうものだよ」

彼女は僕の胸に顔を埋めたまま考え込んだ。

「でも、私、不安なんです。何か、とてつもなく大切なことまで忘れてしまっているような気がして」

僕は首を振った。「よくある錯覚《さっかく》だ。どんなゴミだって、失った直後はわけもなく不安になる。自分が捨ててしまったそれは、何か途方もなく価値のあるものだったんじゃないかという気がしてくる。でも、いざゴミ箱をひっくり返して取り戻してみると、やっぱりそれはただのゴミなんだ」

初鹿野が苦しげに身を捩り、僕は自分の腕が想像以上に強く彼女を締めつけていたことに気づき、慌てて力を緩めた。

「そう、それくらいの強さなら大丈夫です」初鹿野がほっとしたように体の力を抜いた。

「悪かった」と謝ってから僕は続けた。「……そもそも、人は多かれ少なかれ、色んなことを忘れながら生きてる。何もかも覚えていられる人間なんて、ほんの一握りだけだ。でも、誰もそのことについて文句をいわない。どうしてだと思う？　それは、結局のところ思い出というのがトロフィーや記念品みたいなものに過ぎず、肝心なのは今この瞬間だってことを皆心のどこかで理解《ほど》しているからじゃないかな」

初鹿野を抱き締めていた腕をゆっくりと解くと、彼女はふらふらと後ずさってベッドに尻餅《しりもち》をついた。そして放心した顔で僕の顔を眺めた。数秒してふと我に返った初鹿野は、誰かにこの現場を見られたのではないかと不安になったらしく、きょろきょろと辺りを見回した。その取り乱した様子が新鮮で、僕は思わずくすくすと笑ってしまった。

「なあ、初鹿野。まだ夏休みなんだ。それもただの夏休みじゃない。十六歳の夏休みだ。失くした記憶のことを気に病む暇があったら、今この瞬間を楽しむ方が利口だとは思わないか？」

初鹿野は自分の膝をじっと見つめ、僕にいわれたことについて考えていた。

ややあって、彼女はいった。

「……確かに、檜原くんのいう通りかもしれません。でも、今この瞬間を楽しむといっても、具体的に何をどうすればいいのかわからないんです」

僕は即座に返した。「僕が手伝う。いや、手伝わせてくれ」

初鹿野はその反応の速さに驚き、目を瞬かせた。

「素朴な疑問なのですが」彼女は髪の毛を弄りながら訊いた。「どうして、私のためにそこまでしようと思えるんですか？」

「教えてやってもいいけれど、多分、訊かなきゃよかったと後悔する」

「構いません。教えてください」

「単純なことだよ。初鹿野のことが好きなんだ。それも友人としてではなく、一人の女の子として。だから少しでも力になりたい。そうして、少しでも君に好かれたい」

やれやれ、自分が何をしているのかわかっているのか？　僕は自分という人間につくづく呆れた。友人の名を騙って記憶喪失の女の子を誑《たぶら》かし、どさくさに紛れてそれまでどうしても告白できなかった本音を打ち明ける。僕のやっていることは、会社や大学での立場を利用して、さらに酔っ払っているという予防線まで張って女の子にいい寄る男とほとんど変わらない。

「待って、ちょっと待ってください」初鹿野は怒っているとも泣きそうになっているとも取れるような複雑な表情を浮かべ、ひどく取り乱した様子でいった。「だって……その、日記には、檜原くんは荻上さんに惹かれているみたいだって……」

「その日記を書いた人はそう考えていたんだろう。でも本当はそうじゃない。出会った日からずっと、僕は初鹿野に惹かれていた」

初鹿野は何かいいかけて口を開いたが、言葉は喉から出てくる前にばらばらに砕け散ってしまったみたいだった。彼女はそれが再び集まって一つの形を取るのを待ったが、一度失われた言葉は二度と戻ってはこなかった。

初鹿野は新しい言葉を形作り始めた。そしてある段階で何かを確信したように目を見開き、顔を上げた。彼女はベッドに両手をついて立ち上がると、そのまま僕に向かって倒れ込んできた。僕は咄嗟にその細い体を受け止め、しっかりと抱き寄せた。

「私、思い出すの、止めにします」と初鹿野はかすかに滲んだ声でいった。「今この瞬間より素敵な思い出なんて、どうせありはしないんですから」

僕は小さな子供を褒《ほ》めるように彼女の頭を撫でた。「そう、それでいい」

初鹿野は僕の存在を確かめるように檜原くん檜原くんと僕の腕の中で連呼した。彼女がそうやって僕ではない誰かの名前を呼ぶたび、僕の胸はきりきりと痛んだ。

初鹿野は僕に巻きつけていた腕を解くと、目の端に溜まっていた涙を手のひらで拭き取った。窓から吹き込んだ風が彼女の髪を揺らし、直後、静止していた時間が動き始めたかのように僕の耳に蟬時雨の音が戻ってきた。その瞬間までは初鹿野の声しか聞こえていなかったのだ。

「檜原くん、手伝ってください」初鹿野は揺れる髪を片手で押さえながらいった。「私の十六歳の夏休みが、最後の十日だけでも素敵なものになるように」

「ああ、任せてくれ」

初鹿野が差し出した右手を、僕はしっかりと握り締めた。

彼女の父親が迎えにくるまで、僕たちはその手を放さなかった。

＊

翌日、僕のもとに一通の手紙が届いた。郵便受けから抜き取った封筒を裏返し、差出人の名前を見て僕は息を呑んだ。

それは荻上千草からの手紙だった。

死人から手紙が届いた、というわけではなさそうだった。配達日を指定するシールが封筒の隅に貼られており、消印の方は八日前に捺《お》されていた。八月十四日、千草が僕に初鹿野を見捨てるように勧告した日だ。翌八月十五日、千草は初鹿野の過去について書いた手紙を僕に渡していたが、どうやらその手紙とは別にもう一通を残していたらしい。

機会はいくらでもあったはずなのに、なぜ千草はこの手紙を直接僕に渡さなかったのだろう？　僕に会って話をする前に死んでしまう可能性を考慮して、念には念を入れて手紙を出しておいたのだろうか？　しかし、だとしても、なぜわざわざ八日後を指定しなければならなかったのか？

答えを求めて、僕は自室に戻って封筒を開け、折り畳まれた一枚の便箋《びんせん》を取り出した。見覚えのある便箋だった。十五日にもらった手紙と同じものだ。椅子にかけ、僕はその便箋の内容に目を通した。

「なぜこのタイミングで私から手紙が届いたのか、深町くんは不思議に思っていることでしょう」という文で手紙は始まっていた。「実をいうと、私にもよくわからないんです。建前上は、『八月十五日の時点ではまだ初鹿野さんの自殺未遂の件や私の消滅のことで動揺している深町くんをこれ以上混乱させるべきではないと思い、ある程度日を置いた』ということにしてあります。でもひょっとすると、私は本心ではこの手紙が深町くんに届かなければいいと思っているのかもしれません。なぜかというと、この手紙には、深町くんと初鹿野さんが二人で生き残る方法が書かれているからです」

僕はその文言《もんごん》を三回読み返し、自分の読み間違いでないことを確認した。〝深町くんと初鹿野さんが二人で生き残る方法〟。確かに、そう書かれている。

逸《はや》る気を抑え、僕は一度目を閉じて深呼吸した。

「ただし」と文章は続いていた。「これはある意味では私の妄想みたいなものです。何一つ根拠はありませんし、仮に私の予想が何もかも的中していたとしても、深町くんたちが助かる可能性は一パーセントもありません。だから、あまり期待はしないでください」

文章はそこで一行空きで改行されていた。ここから本題に入る、ということだろう。

「これまでに五回、私は電話の女とやりとりを交わしました。電話の多くは夜にかかってきましたが、一度だけ、夕方にベルが鳴ったことがありました。七月二十九日の十七時ちょうどです。なぜ時間まで正確に覚えているかというと、女からの電話に出たとき、受話器の向こうで十七時を告げるチャイムが流れていたからです。あれだけはっきりと聞こえたということは、彼女はよほどスピーカーの近くにいたのだと思います」

いわれてみれば、僕はこれまで電話の女と話しているとき、その背後で鳴っている音にはあまり注意を払ってこなかった。だが意識して振り返ってみると、女との電話の最中には、風の音のようなノイズが入ることが多かった気がする。

「結論からいいましょう。あの女はこの町のどこかにいます」と文章は続いていた。

「あのとき聞こえたチャイムは、明らかに『人魚《にんぎょ》の唄《うた》』でした。あの曲を夕方のチャイムに採用している町が美渚町の他にないことは、いうまでもありません。そして、さらにもう一つ。私が聞いたのは人魚の唄だけではありません。電話が切れる直前、受話器の向こうから列車のブレーキ音が聞こえました。十七時五分くらいのことです。深町くんもご存知の通り、美渚町に走っている路線は単線のみで、本数はごくわずかです。あの時間、間近でチャイムとブレーキ音の両方が聞ける場所というのは、極めて限られています」

僕は唾《つば》を飲み込んだ。手紙の上に、額から汗が滴《したた》った。

「さて、ここで都合のいい仮定を持ち出しましょう。『あの女が私たちに電話をかけるときは、必ずある特定の公衆電話を使っている』。もちろん、根拠なんてほとんどありません。毎回似たような雑音が聞こえるから、そうであっても不思議じゃないなと思っただけです。……さて、この希望的観測に沿って話を進めていくと、少々面白い発見があります。十七時のチャイム、十七時五分の列車のブレーキ音、この二つを両方とも聞ける位置にある公衆電話というのは、美渚町内に精々四つか五つしかないんです」

しかし、と僕は思った。

それを知ったところでどうなる？

「それを知ったところで、どうにもならないかもしれません」と千草は書いていた。「あの女が電話をかけている場所がわかったとして、そして偶然に偶然が重なって、彼女が電話をかけている現場に深町くんが居合わせることができたとして、向こうがこちらの取引に応じてくれるとは思えません。いえ、それどころか、かえってあの女を怒らせる羽目になるかもしれません。あるいはそもそも電話の女は実体のない観念的な存在に過ぎず、地球上《ちきゅうじょう》のどこを探しても見つかりっこないのかもしれません。いずれにせよ、彼女を探す試みは、十中八九無駄骨に終わることでしょう。いくらがんばってみたところで、残された期間を丸々棒に振ってしまうだけなのかもしれません。しかし、それでも、何もしないまま期日を迎えてしまうよりは、いくらかましではないでしょうか？……もちろん、一番よいのは、正当なやり方で賭けに勝ってしまうことです。でも初鹿野さんの現状を考えると、そちらも非現実的であるように思えます。この手紙を深町さんが受け取るときまで彼女が生きているかどうかも定かではありません（もっとも、仮に初鹿野さんが罪の意識に耐え切れず自殺しようとしたところで、深町さんとの賭けを継続させるために電話の女が彼女を助けるかもしれませんが）」

そして千草は次のような文章で手紙を締《し》め括《くく》っていた。

「深町くんに伝えておきたいことは山ほどあるのですが、それは実際に会って話そうと思います。不思議なものですね、口頭よりも文章の方が物事を正確に伝えられるはずなのに、誰もが最終的には口頭の方を信用するんです。結局のところ、言葉にとって、正確さというのは大した問題ではないのかもしれません。それでは、明日――深町くんにとっては八日前に――お会いできるのを楽しみにしています」

手紙を四回読み返した後、僕はそれを畳んで封筒に戻した。

千草が最後の最後まで僕の無事を願ってくれていたのは嬉しかった。しかし本人もいっている通り、電話の女を探す試みは、十中八九無駄骨に終わることだろう。何かの間違いであの女を発見できたところで、つい昨日〝不正を働いた〟としてペナルティを受けた僕が何をいったところで無駄に決まっている。交渉の余地があるとは思えない。そしてそれ以前に、千草も指摘しているように、あの女が実体を持った存在だとは限らないのだ。

どの観点から見ても、残り十日間で電話の女を見つけ出して賭けから降ろしてもらうというのは望みの薄い話だった。そして万が一に賭けて残された時間を浪費してしまうより、僕は初鹿野のためにその時間を使いたかった。

もう、一《いち》か八《ばち》かの賭けはこりごりなのだ。

僕は封筒を抽斗《ひきだし》の奥にしまい、家を出た。

このときになって、僕はふと、電話の女に訊きそびれていたことがあったのを思い出した。結局、あの日彼女が自宅にいた僕と茶ヶ川駅にいた初鹿野の電話を繋げて話をする機会を設けてくれたのには、どんな意図があったのだろう？　淡い希望を与えておくことで、後に味わう絶望を深めようとでもしたのだろうか？　それについて電話の女からはなんの説明もない。何か妙だな、と僕は思った。どう表現したらいいのかわからないけれど、とにかくどこか腑に落ちないのだ。

＊

列車に三十分間揺られ、駅からバスに乗り継ぎ旧国道を十分、さらにバスを降りて地図を片手に川沿いの住宅街を二十分歩き、ようやく初鹿野の祖母の家に着いた。

木造二階建ての、ひどく古びた家だった。瓦葺《かわらぶ》きの屋根はところどころ破損し、鎧《よろい》張《ば》りの外壁は上にいくほど塗料が剝《は》がれ、台所のひび割れた磨りガラスはガムテープで補修されていた。玄関前の通路では、やや育ち過ぎた木々の枝葉がトンネルを作っていた。身を屈めてトンネルを潜り抜けて戸口の前に立つと、線香や糠漬《ぬかづ》けや煮物や焼き魚や藺草《いぐさ》を混ぜたような独特の匂いが漂ってきた。いってしまえば、老人の家の匂いだ。

昨日、初鹿野は別れ際にこの家までの案内図を僕に渡してくれた。

「一人で外出するのは禁じられてるんだ。こっちから檜原くんに会いにいくのは難しいと思う。申し訳ないけど、檜原くんの方から会いにきてくれないかな？」

もちろんそのつもりだと僕がいうと、初鹿野はほっと微笑んだ。

これからしばらく、初鹿野はここで療養生活を送ることになるという。ここには彼女を刺激するものは何一つないし、知人と会って記憶を掘り返される心配もない。また綾さんに聞いたところによると、記憶を失う以前の初鹿野は、この家に一人で住んでいる父方の祖母によく懐いていたらしい。空白の四日間を経て性格が激変した後も、定期的にここを一人で訪れていたという。両親はそのことも考慮して、初鹿野の療養には祖母の家が最適だと判断したのだろう。祖母の方も、息子《むすこ》やその妻とは反りが合わなかったが、孫娘の初鹿野にはいくらか心を開いていたそうだ。

呼び鈴を押すと床が軋む音が聞こえ、ややあってガラス引き戸が開いた。出てきたのは、七十を過ぎたくらいの痩《や》せた女性だった。髪は完全に真っ白で、肌は皺《しわ》だらけだが、背筋は驚くほどぴんとしている。顔の皺はよく見ると左右で感じが違い、右目は僕を睨んでいるように見え、左目は僕を中立的に観察しているように見える。口元は固く結ばれており、年の割に利発そうな印象を受けた。

この人が、初鹿野の祖母なのだ。

素性を説明しようと僕が口を開きかけると、彼女は首を振った。

「綾から話は聞いてるよ。入りな」

それだけいうと、初鹿野の祖母は僕に背を向けて奥へ引っ込んでいった。ついてこい、という意味なのだろう。僕は「お邪魔します」といって玄関に入り引き戸を閉め、靴を脱いで彼女の後を追った。廊下を一歩進むごとに、化粧合板《けしょうごうばん》の床がぎしぎしと軋んだ。

襖《ふすま》を開けて和室に入ると、初鹿野の祖母は座卓の前に腰を下ろした。手持ち無沙汰《てもぶさた》に襖の前に立ち尽くしている僕を見て、彼女は呆れた顔でいった。「何してんだい。座りな」

僕は座卓の前に座り、それから訊いた。「唯さんはどちらに？」

「まだ風呂に入ってるよ。昨日は疲れてたのか、ここに着くなりすぐ眠っちまってね」

彼女はそういうと、ふと何かを思い出したように立ち上がり、僕を残したまま部屋を出ていった。

僕は部屋の中を見回した。真っ先に目に入るのは、巨大な仏壇《ぶつだん》だ。小玉のスイカと皮つきのトウモロコシが左右対称に二つずつ供えられている。掃き出し窓のそばには籐編《とうあ》みの安楽椅子があり、座板に読みさしの本が伏せてある。年代物の箪笥《たんす》の上にはガラスケースに入った日本人形《にほんにんぎょう》が二体。鴨居《かもい》から吊り下げられたカレンダーは五月のままになっていた。よく片づいた部屋だったが、頻繁に掃除をしているというより、あまり生活らしい生活を送っていないために自然とそうなったようだった。

すぐに初鹿野の祖母が戻ってきて、グラスに麦茶を注いでくれた。礼をいってそれを一口飲んでから、僕は訊いた。

「お名前を伺ってもよろしいでしょうか？」

「初鹿野芳江《よしえ》」と彼女は答えた。「表札に出てなかったかい？」

「芳江さんは、綾さんからどんな話を聞いたんですか？」

「あの馬鹿孫が海に飛び込んで、記憶を失くして戻ってきたんだろう？　それであたしが面倒を見ることになったんだ」

「なるほど」そこまで知らされているなら、彼女の前で面倒な気遣いはしなくても済みそうだ。「ちなみに、僕についてはどのように？」

「わざわざ面倒に飛び込む物好きな男、と聞いてるよ」芳江さんの口角が一ミリだけ上がった。「綾はずいぶんあんたのことを気に入ってるみたいだ」

一瞬見せたその表情は、綾さんが笑うときの表情にそっくりだった。きっと綾さんはこの人に似たんだろうな、と僕は思った。

おそらく綾さんは、僕が檜原裕也の皮を被った深町陽介であるということまでは芳江さんに伝えていないのだろう。この辺りの嘘の匙加減《さじかげん》はさすが綾さんだ。偽名の件に関しては、芳江さんに知られていない方が何かと都合がいい。

芳江さんは座卓の上にあった煙草を一本抜き取ってマッチで火をつけた。慣れた手つきでマッチの火を消しガラス灰皿に捨てると、目一杯煙を吸い込み、ゆっくりと大量の煙を吐いた。

「何か食べるかい？」

「いえ、結構です」

それから芳江さんの煙草が燃《も》え尽きるまでの間、僕たちは一言も言葉を交わさなかった。簾《すだれ》の向こう側から、風鈴の揺れる音がした。耳を澄ますと、廊下を挟んだ向こう側からシャワーの水音が聞こえた。どれも涼しげな音だったが、実際のところ部屋はひどい蒸し暑さだった。仏壇の脇にある日焼けした扇風機は稼働《かどう》していなかったし、エアコンなんてものがこの部屋にあるわけもなかった。

気まずい沈黙が続いた。襖の上にある柱時計が故障しているせいで正確な経過時間はわからなかったが、体感時間としては二十分以上に感じられた。まるで部屋に閉じ込められた古い時間がここぞとばかりに飛び出してきて、初鹿野が現れるまでの時間を継ぎ足していっているみたいだった。

吸い終えた煙草の火を丁寧に消した後、芳江さんは座卓に片肘をつき、手のひらに顎を乗せた。

「見張りが必要なんだ」

「見張り？」と僕は訊き返した。

「唯の見張りだよ」と芳江さんはいい直した。「突然、唯の記憶が戻ったとするだろう？　そのとき、もしそばに誰もいなかったら、あの子は真っ先に記憶を失う前の続きを始めるかもしれない」

僕は頷いた。

「だが、あたしだって二十四時間常にあの子を見張っていられるわけじゃないし、あの子だってそれを望んではいないだろう。お互い窮屈なのは苦手でね。……そこでだ。あたしが唯を見ていられない間、あんたがあの子を見張るってのはどうだい？」

「ええ、もとよりそのつもりです。日中は、僕に任せて――」

「よし、決まりだ」その言葉を待っていた、という顔で彼女はにやりと笑った。「今すぐ家に引き返して、着替えと洗面用具を持ってきな」

理解が追いつかず、僕は首を捻った。

「ええと……どういうことですか？」

「見張りをしてくれるんだろう？　檜原、といったね。あんたはこれからあたしに雇われるんだ。報酬はちょいとした小遣い程度しか出せないが、その代わり、三食きちんとうまいものを食わせてやる。夏休みが終わるまででいい、この家で、あの子が妙な気を起こさないように近くで見張ってやってくれ」

「本気でいっているんですか？」思わず僕は訊いた。

「もちろんあたしだって、年頃の男女を同じ屋根の下に住まわせるのには抵抗があるさ。しかし……あんたは綾のお墨つきだからね」

「初鹿野の方の意思は、確認しているんですか？」

「今からするよ」

ちょうどそのとき廊下の床が軋む音がして、襖が開いた。襟《えり》ぐりの広いTシャツにショートパンツ姿の初鹿野が、バスタオルを片手に立っていた。

「おばあちゃん、給湯器の故障かも。あのシャワー冷たい水しか……」

初鹿野はそこで言葉を失い、僕の顔を見て「うわっ」と甲高《かんだか》い声をあげて廊下に引っ込んだ。

「ひ、檜原くん？　もうきてたんだ」襖の向こうで初鹿野がいった。「ごめん、しばらくそこで待っててくれないかな？　すぐに支度するから」

「少しくるのが早過ぎたみたいだな。僕が外で待っていようか？」

「ううん、そこで待ってて。本当にすぐだから」

初鹿野が慌ただしく階段を上っていく音がした。

彼女が去った後も、辺りには甘い石鹸《せっけん》の香りがいつまでも残っていた。

「お金は、結構です」と僕はいった。「初鹿野のそばにいる権利をもらえるんですから、本来ならこっちがお金を払ってもいいくらいなんです。初鹿野が戻ってきたら軽く挨拶をして、すぐに家に戻って荷物を取ってきます」

「仕事を引き受けるってことだね？」

「ええ。よろしくお願いします、芳江さん」

「ふん」

芳江さんは鼻を鳴らして目をつむったが、その感じは綾さんにそっくりだった。やはりこの人は初鹿野姉妹と血が繋がっているのだな、と僕は再認識した。

二十分ほどして再び現れた初鹿野は、先ほどのラフな格好から襟のついたノースリーブのシャツに着替えていた。髪はまだ乾き切っておらず、ほんのりと湿り気を帯びていた。

「お待たせ」彼女は座卓の前に腰を下ろし、そわそわした様子で僕と芳江さんを交互に見た。「二人でどんなお話をしてたの？」

僕は芳江さんにそれとなく目線を送ったが、彼女は「自分で説明しな」とでもいうように露骨に目を逸らした。

少し考えてから、僕は訊いた。「なあ初鹿野、これからしばらく僕がここに寝泊まりするといったら、君はどう思う？」

「えっ……」初鹿野は口をぽかんと開けて数秒間硬直した。「どういうこと？」

僕は返事に窮した。まさか、有り体《ありてい》に「君が自殺しないように見張りを頼まれた」と説明するわけにもいかない。助けを求めて芳江さんにもう一度目線を送ると、彼女はやれやれといった顔で助け舟を出してくれた。

「あたしが頼んだんだよ。家の掃除だとか買い出しだとか、色々と手伝ってもらいたいことがあってね。男手がほしかったところだったんだ。唯だって、こいつがいれば退屈しなくて済むだろう？」

「それはそうだけど、話が急過ぎて……」語尾がほとんど聞き取れないくらいの小声で初鹿野はいった。

「あれ、嫌なのかい？　今朝はこいつがくるのをあんなに楽しみにしてたじゃないか」

「ちょっと、おばあちゃん……」初鹿野は両手の人差し指を交叉《こうさ》させて祖母の発言を諫《いさ》めた。「ええっとね、私の方は一向に構わないよ。ただ、檜原くんに迷惑じゃないかって思っただけ」

「決まりだね」芳江さんは満足げに頷いた。

僕は初鹿野の方を向いた。「一旦《いったん》、必要な荷物を取りに自分の家に戻るよ。三時間以内には戻ってこられると思うから、ここで待っていてほしい」

「うん、わかった。バス停まで送っていくよ」

初鹿野は確認を取るようにちらりと芳江さんに目配せした。

「いってきな」

芳江さんは僕たちを追い払うように手を振った。


家を出るなり、初鹿野は僕に訊いた。

「それで、本当はどんなやりとりがあったの？」

「初鹿野の見張りとして雇われたんだ。つまり、なんというか……」

言葉の濁し方を考えていると、初鹿野が苦笑いした。

「うん、私は自殺未遂者だからね。心配されるのも無理ないよ」

「そういう風に割り切ってもらえるとありがたい」僕はほっとして溜め息をついた。

「ねえ、檜原くん」初鹿野ははにかみながらいった。「見張りとして雇われたからには、私から目を離さないでね」

「ああ。迷惑じゃなければ」

「もちろんだよ。檜原くんは、迷惑じゃない?」

「まさか。どんな形であれ、初鹿野のそばにいられる口実ができて嬉しいよ」

初鹿野は立ち止まり、背伸びをして「素直でよろしい」と僕の頭をわしわしと撫でた。なんだか懐かしい感じがした。小学生の頃、彼女はことあるごとにそうやって僕の頭を撫でてきたものだった。記憶が消えても、こういう癖みたいなものは残っているのだろう。

バス停で初鹿野と別れ、そこからまた一時間ほどかけて自宅に戻った。家には誰もいなかったので、友人の家に十日ほど泊まることになったというメモを書いて卓袱台《ちゃぶだい》の上に置いておいた。中学時代に僕は頻繁に檜原の家に泊まっていたから、親も不思議には思わないだろう。千草にもらった手紙を持っていくかどうか迷ったが、何かの手違いで初鹿野に読まれないとも限らないので、そこに残していくことにした。最低限の着替えと洗面用具を鞄にしまうと、僕は足早に家を出た。

初鹿野の家に戻ったのは正午頃だった。具がたっぷりと載った冷《ひ》やし中華《ちゅうか》を御馳走《ごちそう》になった後、僕たちは芳江さんに家の掃除を命じられた。水場はすべて芳江さんが担当し、和室、書斎、納戸、廊下、階段の掃除は僕と初鹿野が協力して行うことになった。僕らは汚れてもいい服に着替えると、まず石鹼水の入ったバケツと真水の入ったバケツを用意して、各部屋の窓を拭いて回った。バケツの水は瞬く間に真っ黒になり、そのたび僕たちは何度も水を取り替えなくてはならなかった。

窓の掃除が済むと、僕たちははたきを持って部屋中の埃《ほこり》を落として回った。それらを箒《ほうき》で一ヶ所に集めて捨ててから、雑巾で畳という畳を拭いた。用意したごみ袋は綿埃や塵《ちり》で一杯になり、見ているだけでくしゃみが出そうになった。

「なんだか、本当にお手伝いさんとして雇われてるみたいだね」

初鹿野は四《よ》つん這《ば》いになって畳を拭く僕を見て目を細めた。

和室の掃除に慣れている初鹿野は、箒は畳の目に沿って掃いた方がいいことや畳が水分に弱いことなどを教えてくれた。記憶喪失になっても掃除の手順のようなものは覚えているものなのだろうかと疑問に思い訊ねてみると、初鹿野は手を止めて「んー……」と考え込んだ。

「私にもよくわからない。ただ、ここ数年で新しく覚えた知識とか、高校へのいき方とか、そういうのはほとんど思い出せないんだ。だから多分、単純にここ数年分の出来事を忘れただけなんだと思う。記憶の性質の問題ではなさそう」

「いつ頃までのことなら思い出せるんだ?」

初鹿野は中空を見つめて記憶を探った。

「はっきりと思い出せるのは、中学校一年生の秋か冬くらいまで。そこから現在までの記憶はぷっつりと途切《とぎ》れてるの。……きっと、その辺りから人生が上手くいかなくなったんだろうね」

僕は驚いて顔を上げた。「じゃあ、今の初鹿野は、実際には中学一年生みたいなものなのか?」

「厳密にいえば違うだろうけど、大体そんなものと思ってもらって構いませんよ、檜原先輩《せんぱい》」

そういって初鹿野はくすくす笑った。

廊下と階段の拭き掃除を終えた僕たちは、最後に玄関の掃除に取りかかった。箒で砂埃を掃き出してから水を撒《ま》き、ブラシで三和土《たたき》をごしごしと擦った。水はたちまち黒く濁っていった。掃除用具を納屋に片づけて戻ると、芳江さんの方も大方の作業を終えたところだった。

大掃除が終わるやいなや、芳江さんは僕たちに竹籠《たけかご》を渡して家庭菜園の野菜の収穫《しゅうかく》をさせた。刺《とげ》だらけのキュウリ、青臭い香りを放つトマト、長い髭《ひげ》の生えたトウモロコシ。一通り収穫を済ませると、次は花の水やりだった。名前も知らない植物たちに散水ホースで水を振りかけていると庭に細い虹がかかり、初鹿野が嬉しそうに両手を叩いた。蛇口を閉めてホースをリールに巻き戻している最中、ぽたぽたと枝葉から水の滴る音が聞こえていた。

夕食には収穫したばかりの新鮮な野菜がふんだんに使われていた。食事を終えて洗い物まで済ませてしまうと、芳江さんは窓際の安楽椅子に腰を下ろして夕刊を開いた。次の指示があるのではないかと待機している僕と初鹿野に、芳江さんはいった。

「今日のところはもう自由にしていいよ。好きなところへいきな」

僕たちは顔を見合わせた。「とりあえず、外に出る?」と初鹿野が訊いた。僕もそれに賛成した。

行き先も決めず、僕たちは夕暮れの町を並んで歩いた。夏の終わりを前に生き急ぐひぐらしの大合唱が住宅街を囲む林から響《ひび》いていた。まだ七時にもなっていないのに、鮮やかな夕日が辺りを染めていた。それは都会に見られる燃えるような赤の夕日ではなく、あらゆる物事からそっと現実感を奪い去ってしまうような橙《だいだい》の夕日だった。

古い思い出のような光景の中を、僕たちは当てもなく歩いた。商店で買ったラムネを店先のベンチに座って飲んでいたとき、僕はある発見をした。

思い返すと、家を出てから今に至るまで、時間にして約三十分、初鹿野は一度として僕の右側を歩いていなかった。意識的にか無意識的にかはわからないが、彼女は僕に痣のある側の顔を見せないように配慮しているのだろう。

一度それに気づくと、次々と彼女の小さな気遣いを発見できた。初鹿野は僕に語りかけるときはあまり顔の角度を変えず、極力僕から痣を隠したまま話すようにしているみたいだった。また額の汗を拭った後は必ず前髪を左側に寄せ直していたし、会話の最中にときどき意味もなく左手を頬に添えていた。

何もそんなに神経質になることはないのに――とは思わなかった。かつては僕も、初鹿野と一緒のときは常に彼女の右側にいるようにしていたからだ。少しでも、自分の体の綺麗《きれい》な部分を記憶しておいてもらいたくて。

初鹿野はラムネの瓶のキャップを開けてビー玉を取り出し、親指と人差し指で摘んで夕日にかざしていた。彼女の真似《まね》をしてビー玉を覗き込むと、小さなレンズの中で景色が上下反転してオレンジ色の海が見えた。

「日が暮れるのも早くなってきたな」と僕はいった。

「もう八月も終盤だからね」初鹿野はベンチの上で両足を揺らしながらいった。「あと半月もしないうちに、この蟬の鳴き声も聞けなくなっちゃうんだろうね」

初鹿野はベンチから立ち上がり、ラムネの瓶を回収箱に捨てると、くるりと振り向いて僕に微笑みかけた。

「でも、日が短くなるのは、いいことだよ」

「初鹿野は、夜が好きなのか？」

「うん。痣のことを忘れられるからね」

「僕は好きだけどな、その痣」

「ありがとう。でも、きっと、この痣が嫌いな人もたくさんいるの」初鹿野はそっと左手を頬に当てた。「私も、その一人」

僕たちは再び歩き出した。日が沈んだ後も、地表にはむっとした熱気が残っていた。涼を求めて、僕たちは最寄りのスーパーマーケットに入った。店内は異様に薄暗く、冷房が嫌というほど効いていた。売り場を一回りしてから階段を上り、ゲームコーナーを抜けて屋上駐車場に出ると、外は既に真っ暗になっていた。周辺には他に高い建物もなく、屋上の端からは一面に広がる住宅街のぽつぽつとした明かりの連なりが見渡せた。

時間はゆっくりと流れた。僕たちは塗料が剝げてささくれ立った手摺《てすり》に肘を乗せ、ささやかな夜景を眺めながら取り留めのない話をした。夜の屋上にいると、四人で廃墟の屋上に集《つど》い天体観望をしていた日々を思い出さずにはいられなかったが、僕はその苦みや痛みを顔に出さないように努めた。

初鹿野はお菓子売り場で買ったさくらんぼ餅を爪楊枝《つまようじ》で刺して一つ一つ口に運んでいた。僕が何気なくその動作を見つめていると、初鹿野は何を誤解したのか、「檜原くんも食べる？」といって爪楊枝に刺したさくらんぼ餅を差し出した。僕が手を差し出してそれを受け取ろうとする前に、彼女は爪楊枝を僕の口元に運んだ。その挙動はどこまでも自然で、僕も当然のように口を開けてしまった。まるで四年前のあの頃に戻ったみたいだな、と僕は思った。あの頃も彼女は、こうやって涼しい顔をして僕の度肝を抜いたものだった。

「そろそろ、帰ろうか」

そういって、初鹿野は最後の一つに手をつけようとした。だが上手い具合に爪楊枝が刺さらなかったのか、さくらんぼ餅は彼女の手元から手摺の向こう側にこぼれ、夜風に煽《あお》られつつ地上に落ちていった。

芳江さんの家に戻った僕たちは、給湯器はやはり故障してしまったようだと聞かされ、やむなく風呂桶《ふろおけ》とタオルを持って近所の銭湯に赴いた。番台の老人にそれぞれ三百円を支払い、一時間後に合流することを約束して初鹿野と別れた。しかしあまりに湯船が熱かったため、僕は三十分とせずに風呂から上がってしまった。

初鹿野が戻ってくるまで、僕は扇風機の前に座ってぼうっとテレビを眺めていた。テレビでは半月前に起きた現金強奪事件の特集が放送されていた。犯人のうち一人は顔に包帯のようなものを巻いていたらしく、ニュース内ではその男を便宜的《べんぎてき》に「ミイラ男」と呼んでいた。夏らしい事件だな、と僕は無責任な感想を抱いた。

初鹿野は約束の時間の五分前に戻ってきた。フルーツ牛乳を買ってきて僕の隣にそそくさと腰を下ろすと、何をいうでもなくテレビに目をやった。牛乳を飲み終えた初鹿野は瓶を自販機横のケースに返却し、それから何を思ったのか僕の背後に立ち、両手で僕の髪をわしゃわしゃと撫でた。僕が同じことをやり返すと、彼女はくすぐったそうに笑った。

涼しい夜風の中を、のんびりとサンダルを鳴らして帰った。家に着くと、僕たちは押入れから布団を取り出してそれぞれの寝床を用意した。芳江さんは二階の寝室に、僕と初鹿野は一階の和室に襖を挟んで寝ることになった。

初鹿野が屈んで蚊取り線香に火をつけている隙をついて、芳江さんが僕に耳打ちした。

「いっておくが、この家は小さな物音でもよく響くからね。妙なことを考えるんじゃないよ」

僕は肩を竦めた。「わかってますよ」

芳江さんが間仕切りの襖を閉めて二階にいってしまうと、僕は布団に横になって明かりを消した。日中に散々働かされたので体は疲れ切っていたが、ただでさえ他人の家の匂いで気分が落ち着かないのに、数センチの襖を挟んだ向こうに初鹿野がいると思うと目が冴《さ》えて眠れそうになかった。

瞼を閉じ、単調な虫の声に集中して眠気が訪れるのを待っていると、襖の向こうから初鹿野が小さな声で僕に呼びかけた。

「檜原くん、起きてる？」

「起きてるよ」僕も小声で答えた。

「なんだか、修学旅行みたいじゃない？」

「枕でも投げるか？」

「男の子の発想だね」

初鹿野が楽しそうに笑った。彼女は襖のすぐそばで話しているようだった。二階に声が届いてはまずいので、僕も襖に近づいて、できるだけ声を落とした。

「じゃあ、女の子はどんな発想をするんだ？」

「決まってるでしょう。女の子は、二番目に気になる男の子の話をするの」

「二番目？」

「そう、二番目。一番気になる男の子は、絶対に誰かと重複しちゃうからね。競争相手に敵視されちゃうのも困りものだし。そうならないように、皆一番好きな男の子のことは絶対に口にしないんだ。二番目に好きな男の子なら、誰かと被ってもぴりぴりしなくて済むでしょう？　だから、クラスで一番人気だったはずの男の子に限って、一度も名前が挙がらなかったりするの」

「面白い考え方だ」

「本当だよ。私の周りでは、小学校の卒業式の直前に数人の早熟《そうじゆく》な女の子が男の子に告白してたけど、皆、相手は修学旅行で話してた『気になる男の子』とは別の子だったな」

「つまり、修学旅行の打ち明け話は、腹の探り合いみたいなものだった？」

「そういうこと。馬鹿正直に話しても、何もいいことはないの。まあ、小学校の頃の話だけどね。中学校の修学旅行がどうだったかは、知らない」

僕は一呼吸分の間を置いてからいった。「じゃあ、小学校の修学旅行では、初鹿野も二番目に気になっていた男の子の名前を挙げたのか？」

「小学校の頃の話なんだ、隠すこともないだろう？」

「それは、内緒《ないしょ》」

「駄目。今の私、頭の中はまだ中学生だから」尻すぼみにそういった後、初鹿野は話題を逸らすように僕に質問した。「男の子はどうだったの？　まさか就寝までの一時間、ずっと枕を投げ合っていたわけじゃないでしょう？」

「男の子も変わらないよ。皆、初日は気になる女の子のことを話してた。……もっとも、僕たちの場合は二番目に好きな女の子の名前を挙げたわけじゃなかったけれど」

「正直に一番好きな子をばらしたの？」初鹿野が驚いた様子でいった。

「正直、というと少し語弊があるかもしれない。男の子が一般にそうなのかは知らないけど、僕の周りの連中についていえば、『別に気になる女の子はいないけれど、強《し》いていえばあの子かな』という言い方で一番好きな女の子の名前を挙げてたよ」

もっとも、当時の僕はその輪《わ》には入らず、一人布団に潜《もぐ》っていたのだけれど。

「男の子は可愛いね」と初鹿野がいった。

「まあ、女の子のそれに比べると、可愛げはあるかもしれない」

初鹿野は何かの合図みたいに小さく咳払いをしてから僕に訊いた。「ねえ、檜原くんは、気になってる女の子とかいないの？」

「別に気になる子はいないけれど、強いていえば初鹿野かな」僕は笑いながら答えた。「そっちは？」

「い、い、い、陽介くんが好きだよ」

一瞬、正体を見抜かれたのかと錯覚して背筋が凍った。だがよく考えてみればなんということはない。現在の初鹿野にとって身近な「男の子」は檜原裕也と深町陽介のみで、その二人のうち一番に選ばれなかった方の名前が「二番目に気になる男の子」として挙げられただけだ。

しかし、たとえ会話の流れから偶然生じた意味のない一言だとしても、僕は初鹿野の口から「陽介くんが好きだよ」の一言を聞けたことに喜びを覚えずにはいられなかった。僕は彼女の言葉を記憶に刻みつけた。その詩や旋律だけでなく、節回しまで詳細に。それを聞いたときに僕の中に生じた、幸福な錯覚も添えて。

このとき僕はふと、電話の女がいっていた〝ペナルティ〟の存在を思い出した。「今後、初鹿野さんの前で自分の正体を明かすことを禁じます」。あの女はそういっていた。それ以上の詳しい説明はなかった。だが直接正体を明かさずとも、僕が深町陽介であるということを彼女に伝える方法はいくらでもある。そういった間接的な手段を用いて僕の正体を明かすのは規則違反に含まれるのだろうか？　そもそも〝禁じる〟という言葉を、電話の女はどのような意味で使っていたのだろう？　単純に、その行為に罰を設けたという意味なのか？　それとも――『人魚姫』において魔女がやったように――僕が初鹿野の前で自分の正体を明かすことを不可能にしたという意味なのか？

僕は白とも黒ともいえない灰色《はいいろ》のやり方でそれをテストしてみることにした。手順はこうだ。初鹿野に、小学生の頃に家で金魚を飼っていたのではないかと訊く。その通りだといわれたら、金魚の名前が「ひのこ」であったことをいい当てる。どうしてわかったのかと訊かれても、「なんとなくそんな気がしたから」で押し通す。こうすれば僕が直接正体を明かしたということにはならないし、初鹿野はなぜ僕が金魚の名前を知っているのかと不思議に思うだろう。もちろんそれだけでは僕が深町陽介であるという証拠にはならない。だが、彼女がそれを疑い始めるきっかけにはなる。

僕はその計画を実行に移した。「なあ、初鹿野」

「なあに？」

「君は、小学生の頃――」

その瞬間、僕の喉に激痛が走った。焼《や》け火箸《ひばし》を突っ込んで掻き回されたような痛みだった。喉が塞《ふさ》がって悲鳴を上げることさえできず、僕はその場にうずくまって脂汗を流しながらその痛みに耐えた。

「どうしたの？」初鹿野が襖の向こう側から訊いた。「どこか痛むの？」

大丈夫だといって彼女を安心させたかったが、返事をすることも身動きを取ることもできなかった。返事がなくて不安になったのだろう、初鹿野がそっと襖を開けて「ねえ、何かあった？」と訊いてきた。僕が喉を押さえてうずくまっているのをみると、彼女は僕のそばに座って「大丈夫？」と心配そうに背中を何度もさすってくれた。

痛みはその大きさの割には長引かず、一分とせずに引いていった。だがその一分の間に僕は信じられないくらい大量の汗を掻いたようで、シャツはぐっしょりと濡れ、喉はからからだった。

「……もう大丈夫だ。心配かけてすまない」僕は初鹿野に微笑みかけた。「水を飲んでくるよ」

僕が立ち上がると、彼女も心配そうについてきた。

「本当に大丈夫？　病院にいかなくてもいい？」

「ああ。ちょっと足を攣《つ》っただけだから」

台所でコップ三杯分の水を飲み干すと、いくらか気分が落ち着いた。

再び和室に戻ってからも初鹿野は僕の布団の脇で「大丈夫？」「痛くない？」と繰り返していた。もうまったく問題はないのだといっても中々信じてもらえなかった。

三十分ほどが経過したところで、彼女はようやく僕のそばを離れて自分の布団に戻った。

「おやすみなさい、檜原くん。また明日」

「ああ、おやすみ」

僕は襖を離れてもとの位置に戻り、再び目を閉じた。

最後に波乱があったものの、全体的に見れば、とてもとても幸せな一日だった。明日も明後日《あさって》も明々後日《しあさって》もこんな日になればいい、と僕は沈みゆく意識の中で思った。そのためなら、僕のすべての幸運を捧《ささ》げたっていい。どうせあと数日の命なのだ。何も、これ以上の幸せをよこせといっているわけではない。この夏休みが終わるまで、今日のように初鹿野と笑い合っていられる日々が続きさえすれば、それで僕は満足だった。

だがこの世界は、安定を望む者に変化を与え、変化を願う者には安定を与えるようにできている。完全な平穏《へいおん》は、この日で早くも終わる。翌日、僕が目を離した隙に、初鹿野は聞いてはいけない音を聞いてしまう。

そう、暗闇に鳴り響く、電話のベルの音だ。

第11章　これはただのおまじないみたいなもの

異変が起きたのは、初鹿野の祖母の家で暮らし始めてから三日目の真夜中だった。錆びついたスタンドライトの明かりの下、いつか羽柴《はしば》さんからもらった本を開きページを手繰《たぐ》っていると、襖の向こうで初鹿野の息を呑む音がした。

ひどく蒸し暑い夜だった。だから寝苦しくて目を覚ましたのだろう、と最初は思った。ややあって、彼女が深呼吸する音が聞こえた。吹雪《ふぶき》の山小屋で助けを待っている遭難者を思わせる、震えた呼吸だった。よほど恐ろしい夢でも見たのだろうか？

様子を見にいこうかどうか逡巡しているうちに、襖が開く音がした。間仕切りの方ではなく、廊下に繋がっている方の襖だ。足音は聞こえなかったが、初鹿野が部屋を出ていったのは間違いなさそうだった。大方、台所に水を飲みに向かったか、手洗いに向かったかのどちらかだろう。

しかし五分が経過しても初鹿野は戻ってこなかった。窓の外で、風鈴がちりんと鳴った。胸騒ぎがして、僕は本を伏せスタンドライトを消して部屋を出た。足音を立てないように慎重に廊下を歩いていくと、玄関の引き戸が開け放しになっており、そこから夜風が吹き込んでいた。僕はサンダルを突っかけて外に飛び出した。

初鹿野はすぐに見つかった。いや——彼女が僕を見つけた、といった方が適切かもしれない。石塀にもたれて座り夜空を見上げていた初鹿野は、僕の姿を認めると、まるで何時間もそこで待っていたみたいに小さく溜め息をついた。

「やっと気づいてくれた」初鹿野は瞼を閉じて笑った。無理に明るくふるまっているような、どこか痛々しい感じのする笑顔だった。「もっとちゃんと見張らないと駄目だよ。昨日も一昨日《おととい》も私が深夜にこっそり抜け出してたこと、知らなかったでしょう？」

「ああ、知らなかった。……見張り失格だな」

僕は初鹿野の隣に腰を下ろし、人差し指を立てて初鹿野が風上にいることを確認してから煙草を取り出して火をつけた。

防犯灯の明かりのおかげで、僕は彼女の目が赤くなっているのを見落とさずに済んだ。

「記憶喪失以前の初鹿野も、よくそうやって夜空を見上げていたよ」一口目の煙を吐いてから僕はいった。「星が好きな女の子だったんだ。今も、それは変わらないらしいな」

「うん、そうみたい」

どこか、上《うわ》の空《そら》な返事だった。

「悪い夢でも見たのか？」と僕は訊いた。

「すごい。よくわかったね」初鹿野が両手の指先を合わせて目を見開いた。「どうしてそう思ったの？」

僕はその問いには答えなかった。「昨日と一昨日も、悪夢で目を覚ましたんだな？」

「うん」

「どんな夢だった？」

初鹿野は首を振り、立ち上がって服の汚れを払った。

「もう忘れちゃった。怖かったってことしか覚えてないよ」

「……そうか」

「ねえ、檜原くん。どうせ起きちゃったんだから、少し散歩しよう」

初鹿野はそういうと、返事も聞かずに歩き出した。僕も腰を上げてそれに続いた。

おそらく彼女が見た夢とは失った記憶に関するものだろう。三日連続で悪夢にうなされて目を覚ますなんて普通ではない。ひょっとすると彼女は毎晩「空白の四日間」を夢の中で繰り返しているのかもしれないな、と僕は思った。

僕たちは無言で夜道を歩き続けた。田圃《たんぼ》沿いに等間隔に並ぶ木製の電柱の防犯灯には小さな蛾《が》が群がっており、その下をコガネムシやオサムシがのんびりと徘徊《はいかい》していた。夜空には薄い雲がかかり、月はその向こうでぼんやりと淡い光を放っていた。

住宅街を一周し、もうすぐ家に着くという頃になって、初鹿野が沈黙を破った。

「檜原くんは、いつまで私のそばにいられるの？」

「どういう意味だ？」僕は何食わぬ顔で訊き返した。

「さあね。私にもよくわからない」彼女はそういって笑おうとしたが、上手く笑顔が作れなかったようだった。「ただ……ほら、千草さんも、陽介くんも、私のそばから姿を消したじゃない？　檜原くんもいつかはいなくなっちゃうのかな、って」

そんなことはないさ、といって安心させてやりたいのは山々だった。初鹿野がそれを期待していることも知っていた。彼女は悪夢によってもたらされた一抹《いちまつ》の不安を、僕に笑い飛ばしてほしくてそんな質問をしたのだ。「僕が初鹿野の前から消える？　そんなもったいないことをするわけがないじゃないか」とでもいった風に。

問題は、彼女のその不安が的中してしまっていることだった。ここで嘘をついたとして、果たして彼女を騙し切れるほど完璧《かんぺき》な演技ができるだろうか？　ほんのわずかな違和感も出さず、堂々と初鹿野を欺《あざむ》けるだろうか？　僕にはまるで自信がなかった。

今無理に嘘をついて彼女に不信感を抱かせるくらいなら、ある程度正直に答えてしまった方がいい――それが僕の出した結論だった。

「あと、七日間だ」と僕は答えた。

初鹿野の表情が凍りつくのがわかった。

「八月三十一日まで、僕は初鹿野のそばにいられる。それが終わったら、僕はずっと遠くにいかなくちゃならない。僕だって初鹿野のそばを離れるのは嫌だけれど、それはずっと前から決まっていたことなんだ」

「遠くって？　どこへいくの？」

「上手く答えられない」

「たまには、こっちに帰ってこられる？」

「いや」僕は首を振った。「残念だけど、それもできない。八月三十一日を過ぎたら、僕は二度と初鹿野に会えなくなると思う」

「……そっか」

初鹿野はうつむき、寂しげに笑った。それは僕が予想していたよりもずっと穏やかな反応だった。おそらく彼女は最初から、こういう答えが返ってくる可能性を視野に入れていたのだろう。僕の言動や行動の端々にあるちょっとした違和感から、僕が何かを隠していることを見抜いていたのかもしれない。

「わかってるよ。檜原くんにも、深い事情があるんでしょう？」

「ああ。今まで隠していてすまなかった。どう切り出せばいいのかわからなかったんだ」

「こっちこそごめんね、気を遣わせちゃって」

そっか、あと七日か、と初鹿野は呟いた。

家に戻ると、僕らは芳江さんを起こさないように足音を殺して廊下を歩き、それぞれの部屋に戻って寝床についた。


翌朝、初鹿野を起こそうとして襖を開けた僕は、膝を抱えるようにして眠っている彼女の枕元に日記帳を発見した。結局、彼女は「思い出すこと」を選んでしまったのだ。無理もない話だった。自分のそばにいる人間が次々と消えていくのだ。その理由を知りたくて自分の過去を当たるのは、ごく自然なことだろう。そこに自身の存在を根本から揺るがす致命的な情報が含まれているかもしれないとわかっていても。

僕は日記をそっと拾い上げ、窓際に座ってそれを開いた。「空白の四日間」の詳細を知ることで、僕は初鹿野唯という人間に失望することになるかもしれない――とは微《み》塵《じん》も思わなかった。たとえ彼女の過去がどんなものであろうと、僕にはそれを受け入れる覚悟があった。仮に初鹿野が一年前の女子中学生二人の自殺に深く関わっていたとしても——それどころか、仮に初鹿野が二人を殺していたとしても——僕が彼女に向ける気持ちは変わらないだろう。

じっくりとすべてのページに目を通したい欲求を堪え、僕は一九九三年の七月の日付を探してページをめくっていった。あるページで、僕は手を止めた。多くのページは空白だらけで見通しがいいのに、その付近のページだけは、びっしりと細かい文字で長い文章が書き込まれていた。

そこには、空白の四日間の真相が詳細にわたって書かれていた。

＊

歯車が狂い始めたのは、一九九三年の二月二十八日だった。その日、雪が薄く降《ふ》り積《つ》もった街の通りをそぞろ歩いていた初鹿野は、思いがけず旧友と再会を果たした。

船越芽衣《ふなこしめい》と藍田舞子《あいだまいこ》。小学校時代、同じ塾に通っていた女の子たちだった。二人が前方からやってくるのに気づいた初鹿野は、咄嗟に辺りを見回して身を隠せそうな場所を探した。しかしそれより先に向こうが初鹿野の姿を視界に捉えてしまった。二人は初鹿野の顔を見て一瞬何かを口にしかけたが、その言葉をすんでのところで飲み込んで「久しぶり」といった。初鹿野も不承不承挨拶を返した。

飲み込まれた言葉がどんなものだったか、初鹿野には容易に予想できた。その頃になると、彼女の顔の痣は前髪を寄せても隠し切れないほど大きくなっていた。この二人も本当は私に痣のことを訊ねたくて仕方なくて、でもそれを我慢しているんだろうな、と初鹿野は思った。皆そうなのだ。私の痣を見ると、ぎょっとした顔で痣をじろじろと眺めた後、白々しい顔でそれとは関係のない話題を振ってくる。会話の最中も、頻繁に痣を盗み見てくる。同情と好奇心の入り混じった目。しかし、決して自分の方から痣に言及することはない。

そんなに気になるなら、いっそのこと正直に訊いてくれた方がこちらとしては気が楽なんだけどな、と彼女はいつも思う。「その痣、どうしたの？」の一言でいい。しかし、そこまで気を回してくれる人は滅多にいない。腫れ物に触れないように気を遣っているのだろう。腫れ物の中には適度に触れてやった方が痛みが軽減されるものも存在するということを理解している者は少ない。

この二人も私の前では痣をないものとして扱い、別れた後で「すごい痣だったね」と話の肴《さかな》にするのだろう、と初鹿野は考えていた。ところが会話が始まってから数分、船越は「ところでさ」といって初鹿野の痣を直視した。「その痣、どうしたの？」

「ただの怪我じゃないんでしょう？」と藍田も遠慮がちに訊いた。

「私の勘違いだったら申し訳ないけど、唯、なんだか無理に気を張ってるように見えるよ」と船越がいった。「ねえ、もし嫌じゃなかったら、その痣について話が聞きたいな」

二人の率直な問いが嬉しくて、初鹿野は「実は……」と語り出した。一度喋り始めると、止まらなかった。初鹿野はそれまで溜め込んでいたものを吐き出すかのように、痣ができてから自分の人生に生じた数々の変化について語り続けた。他人から向けられる視線の種類が目に見えて変わってしまったこと、時折痣を見て嫌悪感を剝《む》き出《だ》しにする人がいること、他人と目を合わせて会話するのに抵抗を覚えるようになったこと、何をするにも周りの視線を意識して緊張してしまい上手くいかなくなったこと、段々と人前に出るのが怖くなり休日は家にこもりがちになっていること、学校では強がって平然とふるまっているが内心では常にびくびくと怯えていること、相談相手がいなくていつも一人で悩みを抱え込んでいること。

船越も藍田も、その話を熱心に聞いてくれた。そもそも初鹿野が何もかもを打ち明ける気になったのは、「この二人ならわかってくれるだろう」という確信があったからだった。それというのも、船越も藍田も、形は違えど初鹿野と同様に身体的な悩みを抱える仲間だったのだ。二人とも知的でユーモアセンスのある魅力的《みりょくてき》な女の子だったが、体の目立つ部位に、思春期の女の子としては致命的な問題があった（日記の中では、その〝問題〟について具体的な説明はなされていなかった。ただ、かつて僕がオペラ座《ざ》の怪人《かいじん》に喩《たと》えられたり、初鹿野がお岩さんに喩えられたりしたように、彼女たちもその身体的特徴のせいで不名誉な綽名をつけられていたようだ）。

数時間にわたって悩みを打ち明けた後、初鹿野は二人に礼をいった。

「ありがとう。こういう話ができる相手が今までいなかったから、すごく嬉しかった」

「気にしないで。私も、唯ちゃんみたいな人気者も私たちと同じようなことを考えてるんだって知れて、ちょっと嬉しかった」と藍田がいった。

「何かあったら、いつでも相談に乗るよ」と船越がいった。「いっておくけど、社交辞令じゃないよ。私たちにも、唯の気持ちは痛いほどわかるから」

それから藍田が、ふと思いついたようにいった。「ねえ、唯ちゃんさえよかったら、これからもこうして三人で会わない？」

この提案によって、以後初鹿野は二人と定期的に顔を合わせるようになった。週に一度は三人で集まり、日々の不満や疑問、それに漠然とした生きづらさについて語り合った。三人で話していると、初鹿野はまるで一つの人格が三つに分裂して会話しているかのような感覚に陥った。身体的な劣等感に苦しむ者同士、通じるものがあったのだろう。こんな微妙な心の機敏までわかってくれるのか、と感心することもしばしばだった。

たとえば、船越がいう。「正直、美容整形の何がいけないのかわからないんだよね。いや、正確には美容外科手術だったかな。まあ正式名称はどうでもいいけどさ、化粧とかパーマとか歯列矯正《きようせい》が許されるのに、美容整形が許されないっていうのは変じゃない？　親からもらった体を切り刻むなんて失礼だとかいう人もいるけど、私が親だったら、それで本人が幸せになるならいくらでも切り刻んでいいと思うよ。こういっちゃなんだけど、醜さってある種の病《やまい》なんだからさ」

初鹿野は少し考えてからいう。「私もそれについては色々思うところがあるけど……多くの人が口にしてる美容外科手術の問題点は、あくまで後づけなんじゃないかな。美容外科手術への嫌悪感の根源にあるのは、肉体への絶大な信頼感と、それが裏切られることへの恐怖だと思うの。『その人がその人であること』を識別する境界線の揺らぎを、本能的に恐れてるんだよ」

「一つ許したら、百を許すのも同然だもんね」即座に藍田が返す。「最終的には、脳だけ残して別人になることを許容しなきゃいけなくなる」

船越が頷く。「ああ、『船の構成部品を徐々に入れ替えていって、最終的にすべての部品を入れ替え切ったとき、その船はもとの船といえるのか』ってやつでしょう？　でも現実問題、部品を一割くらい入れ替えたところで『これは改修前とは別の船だ』なんていう人はいないんだから、人間の体だって一割くらいは入れ替えていいと思うんだよなあ」

「なんにせよ、私たちの問題は美容外科手術では治らないんだから、無意味な議論かもね」

藍田はそういって弱々しく微笑む。船越も初鹿野も溜め息をつくが、そこには心地よい共感がある。この理不尽を味わっているのは自分一人だけではないという卑屈な安心感がある。

いつしか船越と藍田は初鹿野にとって心の拠《よ》りどころとなっていた。どっぷりと依存していた、といってもいいかもしれない。だから春になり二人が少しずつクラスメイトへの憎悪を口にしたり自殺願望を仄《ほの》めかすような発言をするようになったりしても、それは彼女らが私に心を開いてくれている証拠だ、としか思えなかった。

すっかり目が曇ってしまっていたのだ。

六月四日、船越と藍田は、自分たちが学校で虐《いじ》めに遭っていることを初鹿野に明かした。「どうやら私たち、受験勉強のストレスの捌《は》け口《ぐち》にされちゃってるみたい」と船越は切り出した。二人は自分たちが今学校でどのような目に遭っているのかを淡々と語った。二人の話に誇張がなかったとすれば、それは想像を絶する地獄《じごく》だった。初鹿野は二人を心底気の毒に思ったが、同時に、何かを期待されているような重苦しさを覚えた。話を終えた後の二人からは、どこか脅迫めいた無言の圧力が感じられた。見えない二つの手にがっしりと両腕を摑まれて、「さあ、ここまで話を聞いたからには、ただでは帰さないよ」とでもいわれたような。

私は何かまずいことに巻き込まれつつあるのかもしれない、と初鹿野は思った。

嫌な予感は当たっていた。虐めの件の告白以降、船越と藍田は以前より露骨に憎悪や絶望の言葉を口にするようになった。早く死んでしまいたいとか、あいつを殺してやりたいとか、話題はそんなものばかりだった。身体部位を入れ替えるまでもなく、二人は以前とはまるで別人になってしまっていた。初鹿野の好きだった船越と藍田は、もうそこにはいなかった。かつてはユニークな冗談を飛ばしては周りを和《なご》ませていた二人がそんな風になってしまったことを、初鹿野はただただ悲しく思った。

既に初鹿野は二人の話についていけなくなっていたが、ほとぼりが冷めるまで二人と距離を置く、という選択肢はなかった。初鹿野は二人から仲間外れにされることを何より恐れていた。今この人たちに見捨てられたら、私はこの苦悩の持っていき場をなくしてたちまち破裂してしまうだろう。初鹿野は無理をして二人に話を合わせ、二人が死にたいといえば自分も死にたいといい、二人が殺したいといえば自分も殺したいといった。初鹿野は初鹿野で、二人とは別の方向性の狂気を育ててしまっていたということだ。

船越と藍田の言動は次第にエスカレートしていった。二人の憎悪が分水嶺《ぶんすいれい》を越えたとき、言動は、行動へと転じた。

その日の二人は、憑きものが落ちたかのように穏やかだった。よく喋り、よく食べ、よく笑った。まるで数ヶ月前の二人に戻ったようで、初鹿野は嬉しかった。ひょっとすると、学校での虐めが収まったのかもしれない。これでまた前みたいに三人で親密な時間を過ごせるんだ――と初鹿野が思った矢先、船越が無邪気にいった。

「火をつけてやったんだ」

唖然《あぜん》として言葉を失っている初鹿野に、二人は嬉々《きき》として語った。昨晩、虐めの主犯格であるクラスメイトの家に灯油を撒いて火をつけたこと。その子が今日、学校を休んだこと。帰りに家の様子を見にいってみると、家屋が全焼して彼女の部屋が剝き出しになっていたこと。

「その女の子はどうなったの？」初鹿野は震え声で訊いた。

「死んじゃいないよ。幸か不幸か」と船越が答えた。「でも、しばらく学校にはこられないだろうね」

「今日の学校は平和だったなあ」藍田がしみじみといった。「あの子がいなくなるだけで、こんなに生きやすくなるなんて」

さすがにこれ以上はついていけない、と初鹿野は思った。意を決して、彼女は二人に自首を勧めた。警察がクラスメイトに聞き込みを行えば、二人がその女の子に敵意を持っていたことはすぐにばれてしまうだろう。現代の警察の捜査能力を甘く見てはいけない。下手をすれば、明日の早朝にでも二人の家を警官が訪れるかもしれない。そうなる前に自首してしまった方が賢明《けんめい》ではないのか。

「大丈夫だよ、絶対ばれないから」船越は無根拠に――半ば自分にいい聞かせるように――そういった。「私たち三人が黙ってさえいればね」

「唯ちゃんなら、一緒に喜んでくれると思ったんだけどな」藍田が憮然《ぶぜん》としていった。

「ちょっとしらけちゃった」

「ねえ唯、私は唯のことを信頼してる。でも、その上で、念のためにいっておくよ」

船越が身を乗り出して、初鹿野に耳打ちした。

——もし裏切ったら、あんたの家にも火をつけるから。

このとき初鹿野は、自分がもう後戻りできないところまできてしまっていることをようやく理解した。既に自分はこの憎しみの連鎖に逃れようもなく組み込まれてしまっているのだ。そこには適切な選択肢なんてものは存在しない。不適切な選択肢と、より不適切な選択肢が存在するだけだ。

翌朝の新聞を読んだ初鹿野は、頭が真っ白になり、その場に崩れ落ちそうになった。確かに二人のいう通り、家こそ焼け落ちたものの、虐めの主犯格の女生徒は軽傷で済んでいた。

亡くなったのは、彼女の幼い弟だった。

初鹿野は記事の載ったページを折り畳んで鞄に入れ、船越と藍田に会いにいった。当然、二人も今朝の新聞は隈なくチェックしていたので、標的ではなくその弟が死んでしまったことを知っていた。

「悪いのはあの女だから」と二人は自己弁護を繰り返したが、本人たちも自分をごまかし切れていないようで、その目はひどくうつろだった。

次第に、二人は正気を失っていった。日々警察からの電話に怯え、いつでも落ち着きなく辺りをきょろきょろと見回し、警官の姿を見るとうつむいて小走りに逃げ、パトロールカーや救急車のサイレンが聞こえると体をびくりと震わせた。ろくに眠ることもできないのだろう、目には深い隈《くま》ができ、食べ物も喉を通らないのか日に日に痩せこけていった。

疑心暗鬼になった二人は何よりも初鹿野の密告を恐れていた。ゆえにたびたび彼女を呼びつけては、「裏切ったらあんたの家を焼く」という脅しを再三繰り返した。「どうせ裏切るつもりなんでしょう?」あるとき船越はいった。「でもね、あんただって私たちの殺意を知った上でそれに同調し続けていたんだから、ほとんど同罪だよ。もし私たちが捕まることがあったら、あんたも道連れにしてやるから」

自責の念と恐怖に耐え切れなくなった二人は、次第に、以前から考えていた自殺という逃げ道を現実的な選択肢の一つとして考えるようになっていった。自分たちは悪くない、警察に捕まって晒し者にされるくらいなら死んだ方がました、と二人はいった。そしてその自殺のメンバーの中には当然のように初鹿野も含まれていた。

藍田は初鹿野に詰め寄っていった。「二人で逃げたら、遺書には『初鹿野唯に脅されて放火した、罪の意識に耐えられなくて自殺した』って書くから」

逃げ場はどこにもなかった。最初から、何か妙だと思った時点で逃げ出しておけばよかったんだ、と初鹿野は嘆いた。二人はきちんとそのための猶予《ゆうよ》を私に与えてくれていた。その気になれば、私は早い段階で二人の暴走を喰い止めることだってできた。

いや、それどころか――彼女らが私を巻き込んだのは、まさにそれを目的としてのことだったのかもしれない。そう、二人は自分たちの暴走を私に止めてほしくて私を仲間に取り込んだのだ。それなのに、私は傷を舐《な》め合う仲間を失うことを恐れるあまり、二人を抑止するどころか彼女らの悪意を増長させてしまった。

私の心が弱かったから、こんなことになってしまったのだ。

そして、その日がきた。一九九三年七月十二日、初鹿野は山奥の廃墟に呼び出された。重い鉄扉《てっぴ》を開けて廃墟の一室に入ると、採光窓から射し込んだ四角い明かりが照らす部屋の一角に船越と藍田が座っていた。

二人の足下には日本酒《にほんしゅ》の瓶と携行缶があった。初鹿野はそれを見て身震いした。携行缶の中身はガソリンに違いない。酒は、酔っ払うことで少しでも死への恐怖を紛らすためのものだろう。二人は今日、ここで死ぬつもりなのだ――いや、私を含めれば三人か。

初鹿野は懸命に二人を説得した。こんなことをして何になるのか。今からでも取り返しはつく、罪を償った上でやり直せばいいではないか。自分も放火に加担していたことにするから、三人で自首しにいかないか。絶望するにはまだ早過ぎる。

無論、錯乱《さくらん》した二人が初鹿野の話を聞き入れるはずもなかった。二人はかけ湯でもするような気軽さで頭からどばどばとガソリンを浴び――特に、劣等感の原因となっていた身体部位付近には念入りにかけ――そして初鹿野にも同じ行為を強要した。初鹿野がそれを拒むと、船越が彼女を取り押さえ、藍田がガソリンを浴びせかけた。

初鹿野は船越の手を振り払い逃げ出そうとしたが、部屋には入り口が一つしかなく、二人はその入り口側に立ちはだかっていた。船越がオイルライターを持って初鹿野に詰め寄り、藍田も退路を塞ぐような形で迫った。初鹿野が怯えて後ずさっていくのを楽しむように、二人は彼女をじわじわと部屋の隅に追い詰めていった。

多分、まだその時点では二人の覚悟は固まり切っていなかったのではないだろうかと僕は想像する。船越がライターのフリントホイールに指をかけたのは、脅しに過ぎなかったのだと思う。そのままフリントを擦ってしまったのは、単純に指が滑ってしまったせいかもしれないし、興奮《こうふん》のあまり自分の体がガソリン塗《まみ》れであることを忘れてしまったせいかもしれない。

線香花火のような小さな火花が、気化したガソリンに引火した。直後、船越の体が炎に包まれた。一瞬の間の後、獣《けもの》の雄叫《おたけ》びのような悲鳴が上がった。その悲鳴が船越のものだったのか藍田のものだったのかは定かではない。

火達磨《ひだるま》となった船越は両手で首元を押さえてよたよたと助けを求めるように歩き回った。足が竦んで動けずにいた藍田に向かって船越の手が伸び、直後、藍田の体に火が燃え移った。今度は明らかに藍田のものとわかる絶叫が上がった。

反射的に、初鹿野は逃げ出していた。背後の藍田の悲鳴は、数秒後ぷつりと途絶えた。廃墟を出た初鹿野は、全力で駆けながら考えた。最寄りの民家まで、どんなに急いでも二十分はかかる。この辺りに公衆電話はなかっただろうか？　記憶を辿ってみたが、少なくともここにくるまでの道では見かけなかった。とにかく今は急いで山を下りることだ。一分でも早く。一秒でも早く。

ようやく公衆電話が見つかったとき、既に十五分以上が経過していた。初鹿野は震える手で一一九番にダイヤルし、山奥の廃墟で奇妙な煙を見た、中から悲鳴が上がっていたと伝え、廃墟の場所を正確に知らせた後、素性を明かさないまま電話を切った。受話器を置くと、初鹿野はその場にへたり込んで泣いた。消防からのリダイヤルと思われる公衆電話のベルが、彼女の頭上でいつまでも鳴り響いていた。

＊

日記から顔を上げると、布団から体を起こしてこちらを見つめている初鹿野と目が合った。彼女は弱々しい笑みを浮かべるだけで、無断で日記を読んだ僕を咎《とが》めようとはしなかった。あるいは彼女は最初から僕に日記を読んでほしくてわざわざそれを枕元に置いていたのかもしれない。

「がっかりしたでしょう？」初鹿野が視線を落としていった。「初鹿野唯は――いや、私は、二人の女の子を見殺しにした挙句、その記憶を消して罪の意識から逃れようとしていた。……そういうことみたい」

「そんなことが書いてあったか？」と僕は首を傾げた。「僕には、運悪く他人の犯罪に巻き込まれてしまった可哀想な女の子の話としか思えなかったな」

「ここに書いていることがすべて真実なら、そういう見方もできなくはないかもしれないね。でも、私が過去を都合よく捉え直すために出来事を歪曲《わいきょく》して書いていないという保証は、どこにもないよ」

初鹿野は立ち上がって布団を畳み、僕に背を向けて小さく伸びをした後、振り返らずに訊いた。

「……今日も、一緒にいてくれる？」

「当たり前じゃないか」と僕は答えた。「嫌だといわれても一緒にいるよ。見張りの仕事もあるからな」

「……うん。そうだったね」

初鹿野はほっとしたように微笑んだ。

その日、初鹿野は終始上の空だった。僕が何をいっても反応は鈍く、何を訊ねても見当違いな答えを返した。多くの時間を物憂《ものう》げに遠くを見つめて過ごしていたが、ときどき反動のように明るくふるまい、すぐにそれに疲れてまた大人しくなった。いずれも危険な兆候だった。初鹿野が妙な気を起こさないよう、また万が一のときすぐに対応できるよう、僕は彼女の行動に細心の注意を払った。

何事もなく半日が過ぎた。夕食を終えると、僕たちは銭湯にいって一日分の汗を流した。この分だと今日は何事もなく終わりそうだ、と僕は安堵した。だがその見積もりは甘かった。事態はまさに今これから急展開を迎えようとしていたのだ。

一足先に外で待っていた初鹿野は、僕が出てきたのを見るなり、「寄り道をしてもいい？」と訊いた。どこへ寄るつもりかと訊ねたが、彼女はそれには答えず「見せたいものがあるの」とだけいい、秘密めいた笑みを浮かべて僕を先導し始めた。どこへ連れていくつもりだろう？　もっとも、この町で目的地になり得るような場所はそういくつもない。方角から考えて、僕は彼女が海に向かっているのだろうと予想した。果たして、僕の予想通りだった。初鹿野はまっすぐ海に向かい、埠頭《ふとう》の隅、ちょうど倉庫の陰になっている辺りで立ち止まった。陸風で、彼女のサックスブルーのワンピースの裾が揺れた。穏やかな海面には青白い月の柱が伸びていた。

初鹿野は振り返って僕と向き合うと、鞄からタオルに包まれた何かを取り出し、その包装を剝いで僕に手渡した。それは小さなナイフだった。装飾の施された柄《つか》はあちこちに傷がついており、刃もすっかり黒ずんでしまっている。それなのに、切っ先だけはたった今研いできたばかりのように鋭く尖《とが》っていた。

「これは？」と僕は訊ねた。

「さっき、拾ったの」と初鹿野は簡潔に答えた。「どこで拾ったと思う？」

「わからない」

「本当に？」

「ナイフを拾えそうな場所なんて、ゴミ捨て場くらいしか知らない」

「電話ボックスだよ」と彼女はいった。「そして私は、これからこのナイフで檜原くんに殺してもらうの」

啞然とする僕を見て、初鹿野はくすりと笑った。

「知らんぷりをしてごめんね、檜原くん。実をいうと私、もう知ってるんだ。檜原くんが八月三十一日までの命だってことも、檜原くんが助かるには私を殺すしかないってことも」

初鹿野の姿が、ゆらりとぼやけた。

動揺のあまり、目の焦点が上手く合わなかった。

「なぜそれを、君が……」と訊きかけて、僕ははっと気づいた。「もしかして、電話の女にそういわれたのか？」

初鹿野はゆっくり頷いた。「初めて電話がきたときは、びっくりしたよ。一人で夜道を歩いてたら、急に公衆電話が鳴り出すんだもん。好奇心に負けて受話器を取ったら、前置きもなく、相手の女の人がいうんだ。『記憶はまだ戻りそうにありませんか、初鹿野唯さん』って。つい、二日前の話だよ。……もっとも、そのときは怖くなってすぐに電話を切っちゃったから、それ以上の話は聞けなかったけれどね」

初鹿野は手元のナイフを裏返したり傾けたりして、様々な角度から観察した。ナイフをよく見たいというよりは、僕と目を合わせたくなくてそんなことをしているのだろう。

電話の女は、僕が開き直って初鹿野との生活を謳歌していることがよほど気に入らなかったみたいだな、と僕は思った。賭けの当事者以外には関与しないというこれまでの方針を捻じ曲げてでも、僕の邪魔をしたいらしい。

「でも翌晩になって再び電話がかかってきたときは、もう少し落ち着いて話を聞くことができたんだ。その女の人は、私しか知り得ないはずのあれこれについて、私以上に詳しく知ってるみたいだった。船越さんと藍田さんが死んだときのことも、日記に書いていないような細かいところまで正確に知ってた。どうしてそんなことを知ってるのって訊ねても、意味ありげに笑うだけ。きっと私は幻聴を聞いているんだろう、って思った。一度記憶喪失を起こした頭だもん、それくらいの誤作動が起きてもおかしくはないからね」

初鹿野は側頭部に人差し指を当てて寂しげに笑った。

「でも、電話が切れた後、私の中でその出来事は、次第に何かの啓示みたいなものへと変化していった。電話の女が実在する人物なのか、それとも私の潜在《せんざい》意識が作り出した架空の人物なのかというのは、大した問題じゃなかったの。とにかく彼女は私に何か大切なことを伝えようとしていて、そのメッセージには私にとってとてつもなく重要な意味があるように思えた。それが私の内側から発されたメッセージなのか、外側から受け取ったメッセージかにかかわらず」

彼女は自分のいった言葉の意味を確認するように数秒間黙り込んだ。それからまた話を続けた。

「そしてついさっき、お風呂を出て外で檜原くんを待っていたら、店先の公衆電話が鳴ってね。彼女はついに、教えてくれたよ。『実をいいますと、今あなたと一つ屋根の下で暮らしている檜原裕也さん、彼の命はあと数日です』、『檜原さんが八月三十一日までしかあなたのそばにいられないというのは、その日をもって彼が死ぬからです』、『そしてその原因は、初鹿野さん、他でもないあなたにあるんです』。……不思議と、私は驚かなかったよ。あっさりと、その理不尽な宣告を飲み込むことができた。ああ、やっぱりなあ、って思った。千草さんがいなくなったのも、陽介くんがいなくなったのも、きっと偶然じゃなかったんだろうな。理由はわからないけど、多分、私に依存された人は、不幸になっちゃうようにできてるんだろうね」

初鹿野はナイフから視線を上げて僕の顔を見やり、それからまたすぐにうつむいた。

「絶望が染み渡るのを待つような長い沈黙の後、彼女は続けたの。『檜原さんを助ける方法は、ないわけではありません。端末の下にある電話帳をご覧《らん》ください』。いわれた通りに端末の下を見ると、本来電話帳がある棚の上に、このナイフが置いてあった。私がナイフを手に取った瞬間、女の人はいうの。『そのナイフで、あなたが檜原さんに、い、い、い、い、刺し殺されること。それが、彼の命を助ける唯一の方法です』。そして、電話が切れたんだ」

そこまで話し終えると、初鹿野は僕に歩み寄ってナイフを差し出した。

「このタイミングなら、誰にも怪しまれないと思うよ」と彼女はいった。「私が自殺未遂者であることは家族皆が知っていることだし、檜原くんが私を気遣っていたことはお姉《ねえ》ちゃんとおばあちゃんが証明してくれる。銭湯で入浴中に逃げられたっていえば、皆、信じてくれると思う」

彼女は僕の手を取り、無理矢理《むりやり》ナイフを握らせた。

「大丈夫、別に、きちんと私の死を見届ける必要はないよ。檜原くんは、私の胸にこれを突き刺して、そのまま海に突き落としてくれればいいの。自分が助かるために私を殺すなんて思わないで。むしろ、私を救うために私を殺すんだと思ってちょうだい。……このまま生きていても、私はいつかまた同じ過ちを犯すと思う。だったらいっそのこと、檜原くんの手で、この人生にかたをつけてほしいの」

初鹿野は小さく首を傾け、儚《はかな》げに微笑んだ。

僕は彼女に握らされたナイフを掲げ、柄に刻印された波飛沫《なみしぶき》を思わせる精緻《せいち》な模様をじっと見つめた。

ナイフを海に放り捨てるのは、簡単だった。しかしそれは結局のところ、一時的なごまかしに過ぎない。ただ要求を拒否するだけでは、彼女を納得させることはできないだろう。

ナイフを持ったまま、僕は初鹿野に歩み寄る。彼女は一瞬体をびくりと震わせるが、すぐに何もかもを受け入れたように目をつむる。

僕は初鹿野の胸元にナイフを近づけ、大きく開いた襟ぐりにナイフを滑り込ませるようにして心臓《しんぞう》の部分に刃先を当てる。ナイフを通じて彼女の心臓の鼓動が伝わってくるような気がする。初鹿野が息を呑む。僕は十分な間を置いてから、彼女の胸の上でゆっくりとナイフを動かす。鋭い痛みに、彼女の顔が歪《ゆが》む。

ナイフを離すと、そこには三センチほどの浅い傷ができている。間もなく傷口から血が漏れ出し、じわじわとワンピースの生地《きじ》を黒く染めていく。僕はその傷を指先でなぞり、そっと血を拭い取る。傷口に触れられた痛みに初鹿野が体を強張らせる。

僕は拭い取った初鹿野の血液を、自分の顔の右側に塗りつける。

それはある種のおまじないのようなものだ。

「何をしてるの？」初鹿野が目を開いて訊ねた。

「アンデルセンの『人魚姫』では」と僕はいった。「王子の胸から流れ出る温かい血が脚にかかると、それらが一つになって、人魚の尾に戻るっていう仕組みになっていた。……でも僕の場合は、きっとこれくらいの血の量で十分だと思うんだ」

初鹿野は首を傾げた。「檜原くんのいっていることが、よくわからない」

「ああ。わからなくていい。これはただのおまじないみたいなものだから」

僕は大きく振りかぶり、沖に向かってナイフを放り投げた。ややあって、ずっと遠くでぽちゃんという音がした。

「さあ、帰ってその傷の手当てをしよう」

初鹿野はナイフの落ちた辺りを呆然と眺め、浅い溜め息をついた。

「……こんなことしても、どうにもならないのに」と彼女は呟いた。

「どうかな。まだわからないさ」

「きっと私、見張りがいなくなったら、自分でそれをやり遂げると思うよ？」

「駄目だ。許さない」

「許さなくてもいいよ。どうせその頃には、檜原くんはいなくなっちゃってるんだから」

そういうと、初鹿野はまっすぐ近づいてきて、ほとんどぶつかるみたいにして僕にしなだれかかってきた。甘い髪の香りが鼻腔《びこう》をくすぐった。抱き止めた彼女の体は汗でひんやりとしていた。

初鹿野は声を押し殺して泣いた。僕のシャツの胸元は、彼女の涙でぐっしょりと濡れた。初鹿野が泣いている間、僕は彼女の背中をさすり続けていた。

「嘘でもいいから約束してくれないか」と僕は彼女の耳元で囁いた。「僕がいなくなっても、ちゃんと生きていけるって」

「できないよ」

「本気で誓う必要はない。嘘でいいんだ」

「……じゃあ、嘘だけど、約束する」

初鹿野は僕の胸から顔を上げ、右手の小指を差し出した。

僕たちは小指を結び、形ばかりの約束を交わした。

帰り道、僕たちは何度も公衆電話のベルを聞いた。一つが鳴り止んだかと思うと、また別の場所で公衆電話が鳴った。ときにはどう考えてもこんなところに公衆電話があるはずがないという場所からベルの音がした。初鹿野はそのたびに僕の手を強く握った。

「ねえ、檜原くん」

「なんだ？」

「気が変わったら、いつでも殺してね」

「ああ。気が変わったらな」

「私、檜原くんに殺されるの、嫌じゃないから」

「わかってる」

「ほんとだよ？」

「知ってるよ」

「そのときは、最後にキスしてくれると嬉しいな」

「ああ、そのときになったらな」

「やった。楽しみ」

不吉なベルの音が鳴り響く夏の夜道を、僕たちは無邪気に笑い合いながら歩いて帰った。

第12章　人魚の唄

八月二十七日の夕暮れ、僕と初鹿野は美渚《みなぎ》夏《さなつ》まつりの会場に向かっていた。初鹿野は三年前に一度着たきりだったという浴衣《ゆかた》に、僕は近所で買った安物の甚平《じんべい》に着替え、下駄《げた》を鳴らしながらひぐらしの声の降り注ぐ薄暗い田舎道《いなかみち》を歩いた。紺色の浴衣のおかげで、初鹿野の肌の白さはより際立って見えた。

会場が近づくにつれて、まず地響きのような太鼓の音が、そして次第に笛や鉦《しょう》の音、メガホンによる誘導の声、人々のざわめきが聞こえるようになってきた。駐車場に指定された近所の小学校の前に長い車の列ができていて、その列の先頭の少し先に会場となっている公民館広場が見えた。

僕たちが入場口に足を踏み入れたちょうどそのとき、会場から開会を告げる小さな花火が上がった。辺りにいた人々が一斉に足を止めて空を見上げ、そこに残った白い煙を眺めた。直後、会場内から拍手が湧いた。

会場の中心には櫓《やぐら》が据えられ、その柱から放射状に提灯紐が伸びていた。広場の両長辺部にはずらりと屋台が並び、短辺部の一方は入場口になっていて、もう一方には巨大なステージが組まれている。客席には既に何十何百という人が陣取っており、ステージ上では夏まつり実行委員長の挨拶が行われていた。

僕は入場口で配られていたプログラムを開き、今日の行事予定を確認した。予想していた通り、吾子浜《あごはま》の人魚伝説の朗読も、『人魚の唄』の歌唱も、そっくりそのまま残されていた。代理が立てられたのだろう。当然といえば当然だ。プログラムの隅には今年のミスみなぎさの写真があった。確かに綺麗な女性ではあったが、あまりに溌剌《はつらつ》とし過ぎていて、人魚の役には向いていない感じがした――もっとも、千草の演じる人魚を知らなければ、そんな風には思わなかったかもしれないが。

僕たちは屋台で薄焼きと焼きそばを買ってステージ前にいき、子供たちの居合の演武や中学校の吹奏楽部の演奏、有志団体の舞踊《ぶよう》や民謡《みんよう》、芸人の曲独楽《きょくごま》などを観覧した。瞬く間に一時間が過ぎた。抽選会が始まると僕たちは席を外して人込みを抜け、駐車場付近の花壇の囲いに腰かけて会場の喧騒《けんそう》を遠くから眺めた。

そろそろミスみなぎさの朗読が始まるという頃、手の甲にひやりとした感覚があった。初めは気のせいかと思ったが、初鹿野が空を仰いだのを見て、それを感じたのが自分だけでないとわかった。それから一分としないうちに、雨が降り始めた。それほど勢いはないが、油断しているとあっという間にびしょ濡れになってしまうような雨だ。皆テントや公民館の中に避難したり駐車場に駆けていったりして、会場内の人はたちまちまばらになった。間もなく、ステージの出し物を中止する旨《むね》がメガホンで伝えられた。

僕と初鹿野は公民館の軒下で雨を凌いだ。細かい雨粒が提灯や屋台の明かりを滲ませて、会場は暗い赤色《あかいろ》に染まっていた。敷物を頭上に掲げて走っていく女の子たちや傘をさして悠然と歩いている老人、雨をものともせず駆け回っている子供、慌ただしく屋台を片づける露天商の人々などをぼんやりと眺めていると、不意に、僕の耳に歌声が届いた。

人魚の唄。

歌声は、ステージからではなく真横から聞こえてきた。

初鹿野と目が合った。彼女は恥ずかしそうに微笑んで歌うのを止め、「雨、止みそうにないね」と照れ隠しのようにいった。

「いいから、続けてくれ」と僕はいった。

彼女は小さく頷き、唄の続きを歌い始めた。

雨を孕《はら》んだ大気に染み渡る彼女の歌声。

彼女が歌う『人魚の唄』を聴くのは、これで三度目だった。

二度目は、一ヶ月前に、廃旅館の屋上で。

一度目は、六年前に、山頂の廃神社で。

＊

それはまだ、僕が初鹿野のことを「委員長」と呼んでいた頃の話だ。

一九八八年の夏は、僕にとってある意味では最低の夏、ある意味では最高の夏として記憶されている。前にもいった通り、その夏重い自律神経失調症を患《わずら》った僕は、七月の昼間でも羽毛布団を被って寝ていなければならないほどの寒がりになった。寒さは日に日に増していき、終《しま》いには日常生活に支障をきたすくらいに悪化した。バスと電車を利用しても往復に三時間かかる大学病院にいって心療内科を受診すると、ストレスが原因だと診断された(わかり切っていたことだ)。必要なのは定期的な通院、それと長い休養だと医師はいった。そのようにして、僕は一足早く夏休みを迎えることになった。

それは僕の知るどのような夏とも異なっていた。見ているものと体感しているものがあまりにかけ離れているせいで、あらゆる物事から現実感が失われていた。せっかく長い休みが与えられたというのに外に出て遊ぶ気にはなれず、かといって家で本を読んでいても集中できなかった。大半の時間を、一つのビデオテープを繰り返し見て過ごしていた気がする。ビデオの内容は忘れてしまった。外国の古い映画だったということしか覚えていない。

僕が学校を休み始めてからちょうど一週間が過ぎたその日、いつものように自室でテレビの画面を見るともなく見ていると、ドアを叩く音が聞こえた。ドアは強過ぎず弱過ぎない絶妙な力加減で、辛うじて連続性が保たれる程度のスローテンポで音楽的にノックされた。そんなに丁寧なノックを、僕はそれまで聞いたことがなかった。ドアの向こうにいるのが母親でないのは確かだった。

僕は「誰?」とそこにいる人物に訊ねた。するとドアがゆっくりと開き、くすんだ白色の可愛らしいワンピースを着た女の子が姿を現した。彼女は音を立てないようにそっとドアを閉めた後、僕に向き直ってぺこりと頭を下げた。

「委員長?」僕は寒さも忘れて起き上がった。「何しにきたんだよ?」

「お見舞い」初鹿野はにこりと僕に笑いかけ、ランドセルを下ろして布団の横に正座した。「それから、溜まっている配布物を届けにきたの」

僕は慌てて自分の部屋の状況を確認した。ここ数ヶ月一度も友人を部屋に呼んでいなかったせいで掃除をする習慣がなくなってしまっており、部屋はひどく散らかっていた。彼女のくるのがあらかじめわかっていたら綺麗に片づけておいたのに、と僕は嘆息した。それから自分自身の格好を見て、さらに暗い気持ちになった。初鹿野の格好はそのまま卒業式に出ても問題ないくらいきちんとしているのに、僕の方は皺《しわ》だらけの寝間着の上に色の合わない上着という情けない格好だった。

僕は彼女の視線から逃れるように再び毛布に潜った。

「先生に頼まれたのか？」

「ううん、私が自分から申し出たの。陽介くんの様子が気になってたから」

彼女はランドセルの中からクリアファイルを抜き出し、丁寧に折り畳まれたB３サイズの藁半紙《わらばんし》を慎重に取り出して印刷内容を確認してから僕の机の上に置いた。そして再び僕のそばに腰を下ろし、「さて」とでもいうように僕の顔を見つめた。さあ質問攻めがくるぞ、と僕は思った。なぜ学校を休み続けているの？　なぜ夏なのに羽毛布団に包《くる》まっているの？　それはどんな病気なの？　どうしてそんな病気にかかったの？

だが僕の予想に反して、初鹿野は何も訊ねてこなかった。彼女は表紙に名前も教科名も書かれてないノートを取り出して僕に見えるように開き、この一週間の授業で得た知識の中で比較的重要度の高いものについて解説を始めた。

一体なんのつもりだろう？　訝りつつも、僕は大人しく彼女の話を聞いた。数分と経たないうちに、僕は彼女の語る内容にすっかり聞き入ってしまった。生の人間の口から語られる、新しい知識。それは一日中部屋にこもっていた僕が一番必要としていた種類の刺激だった。

一通り解説を終えると、初鹿野はノートをランドセルにしまい、「またくるね」といって帰っていった。彼女が去ってから間もなく、母がノックもなしに部屋に入ってきた。

「よかったじゃない、お見舞いがきてくれるなんて。ああいう友達は大切にしなさいよ」と彼女は上機嫌にいった。

「あの子は友達じゃないよ」僕は浅く息を吐いた。「学級委員長だから、誰にでも優しいんだ」

それは思春期の少年にありがちな照れ隠しではなかった。実際、当時の僕と初鹿野の関係は友達と呼べるほどのものではなかったのだ。四年生に進級したとき席が近かったので会話を交わす機会が多かったというだけで、その関係は教室の中に限定されていたし、六月の頭に席替えをしてからはあまり口をきいていなかった。

初鹿野がお見舞いにきてくれたのは素直に嬉しかったし、僕のいない間に行われた授業の解説をしてくれたのは心底ありがたかったが、彼女が僕への同情からそうした行動に及んだのかと思うとひどく気が滅入った。だって、ようするに彼女は「委員長」だから「可哀想なクラスメイト」に「優しくしてあげている」のだ。きっと彼女の目には僕が労《いたわ》るべき弱者として映っていたに違いない。

翌日も、その翌日も、初鹿野は同じくらいの時間にドアをノックした。そしてその日の授業内容について懇切丁寧に解説してくれた。僕はそうした初鹿野の善意について、あくまで彼女が委員長としての責務を拡大解釈気味にまっとうしているだけだと思っていた。しかし、毎日僕の部屋に通い詰めてあれこれ尽くしてくれる彼女に、どうしようもなく惹かれてしまっている自分がいるのも確かだった。彼女の優しさが憐れみからくるものだという思い込みさえなければ、ほんの数日で骨抜きにされてしまっていたと思う。

当時の僕は、小学四年生の男の子としては不気味といっていいくらい自分の恋心に自覚的だった。これが一、二ヶ月前の僕だったら、ただ漠然と息苦しい気分を覚え、けれどもその正体がわからず悶々《もんもん》とした日々を過ごしていたことだろう。しかし自分の痣が醜いものだという風に考えるようになってからというもの、僕の性格は過度に内省的になっていた。暇さえあれば、それまでただなんとなく受け入れていたあれこれを一つ一つ取り出して再検証し、それらに正しい名前をつけてもとに戻すという作業を頭の中で繰り返していた。恋心は、そうした再検証の中で自分の中に発見したものの一つだった。

初鹿野がその日分の授業の解説を終えて帰っていくたび、僕はひどく情けない気分を味わうことになった。一番の問題は、僕が向こうの思惑通り、しっかりと慰められてしまっていることだった。彼女は同情心から僕に優しくしてあげているに過ぎないのに、僕の方は彼女の微笑みや些細な仕草《しぐさ》に本気で胸を震わせてしまっているというこの状況が、惨めで惨めで仕方なかった。彼女にものわかりの早い人間だと思われたくて毎日密かに教科書の予習を進め、生徒の下校時刻になるといそいそと部屋の掃除を始める自分が恥ずかしくて堪らなかった。せめてもの抵抗として、僕は初鹿野に対してできるだけ素っ気ない態度を取るようにした。いつ彼女がここにくるのを止めても、寂しくならないように。

頼むから妙な夢を見せないでくれ、と僕は思っていた。どうせ僕のものにならないなら僕の視界に入らないでくれ。良心に託《かこつ》けて人の心を弄ぶのは止めてくれ。だが初鹿野はそんな僕の気持ちも知らず、僕の手を握って「陽介くんの手、ひんやりして気持ちいいね」と無邪気に笑ったり、ノートに書かれた図の詳細な解説をするために僕の隣に寝転んだりした。おかげで僕の寒がりは着実に悪化していった。

七月十三日は学校全体で校区内の清掃活動を行う日となっていた。一日中、窓の外からがやがやと子供たちが騒ぐ声が聞こえた。今日は授業がないみたいだから初鹿野が勉強を教えにくることはないだろう、と僕は思っていた。しかし午後四時頃になって僕がなんとなくそわそわし始めた頃、いつも通り呼び鈴が鳴り、ややあって部屋のドアがノックされた。

この日の初鹿野は、白い無地のカットソーに落ち着いた浅緑色《あさみどりいろ》のスカートという格好だった。清掃活動の日の服装は体操着と決められていたはずだから、一度家に帰って汚れた服を着替えてきたのかもしれないな、と僕は思った。

「どうしたんだ?」と僕は訊いた。「今日は別に授業があったわけじゃないだろう?」

「うん。でも、きちゃった」初鹿野はいたずらっぽく微笑んだ。

「なんのために?」

「ただのお見舞い」

初鹿野はいつものように僕の枕元に正座し、何をするでもなくにこにこと僕の顔を眺めた。僕は居たたまれなくなり、寝返りを打って彼女に背を向けた。

「何も、こんな日までくることはないいんじゃないか?」

「習慣になっちゃったみたい。それに、陽介くんのことが心配だから」

多分僕は、彼女の言葉がとても嬉しかったのだと思う。そしてだからこそ、浮かれそうになった自分を戒《いまし》めるため、つい刺のある言葉を口走ってしまったのだ。

振り返って、僕は初鹿野にいった。

「嘘だよ。委員長は、僕に優しくしている自分が好きなだけなんだ」

にべもなく否定される、と思っていた。

きっと彼女は意にも介さないだろう、と思っていた。

陽介くんは馬鹿だなあ、と笑い飛ばしてくれると思っていた。

しかし、初鹿野は何もいってくれなかった。

唇をぎゅっと結んで、僕の目をじっと見つめていた。

長い針をじわじわと押し込まれているような、そんな表情を浮かべていた。

数秒して、初鹿野は我に返ったように目を見開き、慌てて笑おうとした。しかしその笑みはどこまでもぎこちなかった。

彼女は喜怒哀楽のどれともつかない顔で、ぽろりとこぼした。

「……今のは、結構傷ついたなあ」

彼女はおもむろに立ち上がり、僕に背を向け、さよならもいわずに部屋を出ていった。

　初めのうち、罪悪感のようなものはほとんどなかった。きっと初鹿野は痛いところを突かれて逃げ出したんだ、と勝ち誇ってさえいた。しかし時間が経過するにつれ、僕の胸のもやもやは少しずつ濃《こ》さを増していった。そのもやもやは次第に部屋全体を覆い尽くし、僕の心を内側と外側の両方から苛《さいな》み始めた。

　ひょっとしたら僕は、とんでもない見当違いをしていたのではないか？

　もし初鹿野が本当に自己満足のために僕を利用していたのだとしたら、僕に何をいわれようと、軽く受け流すかただ否定すればいいだけの話なのだ。偽善者というものはたいてい、善意を疑われた際の対策をばっちり決めている。どのようにふるまえば聖人らしく見え、また下心を隠し通せるかを熟知している。そういうものだ。それが頭のよい人間ならなおさらだ。

　しかし初鹿野は、僕の指摘を受けて少なからず心に傷を負ったようだった。

　それは彼女が僕を対等な人間として見てくれていた証拠ではないのか？

　偽善的にではなく、本心から僕を思いやってくれていたからこそ、彼女は僕に裏切られたように感じたのではないか？

　もしそうだとすれば、僕はあれだけ僕のために尽くしてくれた初鹿野に、とんでもなくひどい仕打ちをしてしまったことになる。

一晩中、僕は布団の中で煩悶《はんもん》し続けていた。

――僕は、彼女に謝らなければならない。

その決心が固まったのは、翌朝になってからだった。

電話では、上手く想いが伝わらない気がした。正午を告げる鐘《かね》が鳴ると、僕は箪笥からダッフルコートを出して厚手のセーターの上に着た。全身から防虫剤のつんとする匂いがした。コートのポケットには昨冬のポケットティッシュと飴玉《あめだま》が入っていた。一人での外出は久しぶりだった。そもそも外出自体が一週間ぶりだった。長いこと薄暗い屋内にいたせいか、空の青も木々の緑も、陽光の眩しさも空き地の草いきれも、蝉の鳴き声も鳥の囀《さえず》りも、何もかもが僕の想像を超えて強烈に迫ってくるように感じられた。世界はこんなにも刺激的な場所だったのか、と僕は途方に暮れた。身を守るようにコートを掻き合わせ、フードを深く被り、僕は学校へと続く道の第一歩を踏み出した。

わざわざ中途半端な時間を選んで家を出たのは、できるだけ人目を避けたかったからだ。狙い通り、その時間帯の通学路には僕以外の小学生の姿は一人として見当たらなかった。このまま学校まで誰にも会わずに済みますように、と僕は願った。

何人かの大人とすれ違い、そのたびじろじろと怪訝そうな目で見られたが、幸い同年代の人間とは一度も会うことなく学校に辿り着くことができた。時計塔を見上げると、ちょうど昼休みに入ったところだった。

久しぶりに訪れる校舎は、以前よりも少しだけよそよそしい感じがした。僕は顔を伏せ、自分の教室まで早足で歩いていった。開け放たれていたドアから中を覗いたが、そこに初鹿野の姿はなかった。やむなく教室に入り、隅でお喋りをしていた女の子に初鹿野の居場所を訊くと、彼女らは僕の異様な格好を見て不審がりつつも、初鹿野が体調不良で学校を欠席していることを教えてくれた。

落胆して、教室を出た。そのときになってようやく、僕は廊下の掲示板に貼りつけられた数十枚の写真の存在に気づいた。最初にここを通りかかったときには顔を伏せていたので気づかなかったのだ。

真っ先に目に入ったのは初鹿野の写真だった。その写真が非常によく撮《と》れていたから、僕はしばらく足を止めて見とれてしまった。

どうやらそれは、五月の学年行事である遠足にいったときの写真のようだった。写真にはそれぞれ番号が振ってあり、ほしい写真の番号を封筒に記入して購入《こうにゅう》するという仕組みになっていた。どちらかといえば、面談にきた親向けの売りものなのかもしれない。

僕は初鹿野の写った写真を探して、並んだ写真を順番に眺めていった。カメラマンはなるべく全生徒が偏《かたよ》りなく写るようにしていたつもりなのだろうが、明らかに初鹿野だけは他の生徒よりも多くの写真に写っていた。カメラマンというのは無意識のうちに絵になる被写体を選んで撮ってしまうものなのだ。テレビを見ていても、いつもそう思う。たとえば小学校を取材した映像では、たいていまず「子供らしい子供」、次に「綺麗な女の子」、そして「求められるコメントを返してくれそうな真面目な子」が優先的に撮影《さつえい》されているものだ。そして見る者に不快感を与えるような被写体は、巧妙に画面外に弾《はじ》き出されている。

初鹿野がより大きく写っている写真がないものかと探しているうちに、僕は図らずも、自分の写っている写真を発見してしまった。それはまったくの不意打ちだった。どうせ僕の写真など一枚もないだろう、と油断していたのだ。

今思えばそれは、偶然に偶然が重なって撮れてしまった、奇跡の一枚だった。もちろんよく撮れていたという意味ではない。奇跡的に写りの悪い一枚だったということだ。そこに写っているのはおぞましい深海生物だった。

どんなに容姿の整った人でも、たまにそういう写真が撮れてしまうことがある。特に顔というのは動きの激《はげ》しい部位で、どんな美人であろうとすべての瞬間において完璧な美人であるわけではない。ときには十歳も二十歳も老け込んだような写真が撮れることもあるし、十キロも二十キロも太ったような写真が撮れることだってある。そして僕の場合、もともと痣という致命的な要素があって、それを最大限に活《い》かした最低の一枚が撮れてしまったのだからなおさら性質が悪かった。本来であればそういう写真はカメラマンがあらかじめ取り除いておくものなのだが、おそらく何かの手違いで紛れ込んでしまったのだろう。

年頃の女の子が奇跡的によく撮れた一枚の写真をもとに自己像を作り上げてしまうような愚かさでもって、僕はその奇跡的に悪く撮れた一枚をもとに一瞬で自己像を作り変えてしまった。

ああ、僕の顔は、周りの人からはこんな風に見えていたんだ。

僕はあらためて初鹿野の写真を見て、それからもう一度自分の写真に目をやった。そして自問した。お前はこの二人が釣り合うと思うか？　自分が彼女と対等に言葉を交わせる立場にあると思うか？　彼女に恋をする資格が自分にあると思うか？　答えはいずれも「思わない」だった。

まるで地面が急激に傾いたかのように足下が揺らいだ。なんとか踏みとどまったが、直後、これまでに経験したことのない強い悪寒《おかん》が僕の体を襲った。全身ががくがくと震え、上手く呼吸ができなくなった。

這《ほ》う這《ほ》うの体《てい》で家に帰り、布団に包まって震えが収まるのを待った。僕の心はひどく打ちのめされ、これ以上はないというほど弱っていた。ようやく悪寒が引くと布団から這い出し、薄暗い台所でコップに水を注いで飲み干して、またすぐに布団に戻った。

いつまでこんな風に生きていかなければならないんだろう、と僕は枕に顔を埋めて考えた。仮にこの寒気がなくなったとしても、根本的な問題である痣が消えるわけではない。こうやって人目を忍んでこそこそと生きていかなくてはならないことに変わりはないのだ。

お願いだから誰かこの痣を消してくれ、と僕は祈った。しかし自分が何に対して祈っているのかはわからなかった。この願いを叶《かな》えてくれるなら、神でも魔女でも人魚でもなんでも構わなかった。

廃神社の話を思い出したのは、このときだった。

それはいつかクラスメイトの誰かが話していた、他愛もない噂話《うわさばなし》だ。町外れの小山の頂上にある、小さな廃神社。そこに一人きりでいって、真夜中の零時ちょうどに願いごとをすると、神様が現れて願いを叶えてくれる——という馬鹿げた噂。どこからともなく流れ出した噂だったが、他校の生徒たちの間にもまったく同じ内容の噂が広まっているらしい。同じような話を子供の頃に聞いたことがあるという若い教師も少なからずいて、美渚町の子供たちの間で廃神社の噂は、馬鹿げてはいるが否定し切れない神秘として常に関心の対象となっていた。

とはいえ、小学四年生にもなって本気で廃神社の神様が願いごとを叶えてくれるなどという夢物語を信じるなんて、普通であれば考えがたい。しかし、長いこと家にこもって視野《しや》狭窄《きょうさく》に陥っていた上、寒気で頭には靄《もや》がかかっており、おまけに絶望の底に叩きつけられたばかりで藁にも縋《すが》りたい気分だった僕にとって、その噂話はちょっとした啓示のように響いた。

僕は長いこと布団の中でその噂話に思いを巡らせていた。一時間ほどが過ぎた頃、僕は布団から体を起こし、財布をコートのポケットに突っ込んで家を出た。時計は午後の四時を回ったところだった。

廃神社にいくにはバスを利用する必要があった。どこの停留所から乗車すればいいのかは、幸い知っていた。母親に連れられて隣町の大学病院にいった際に使ったバスがその廃神社のある小山のそばを通ったことを、僕はよく覚えていた。

停留所に着いてから二十分ほどしてバスがやってきた。車内には一組の老夫婦が乗っているきりだった。その老夫婦が二つ先の停留所で降りてしまうと、乗客は僕一人になった。

目的地に着くまでの間、僕は最後部席の端に座り、窓の外を流れていく単調な田園風景を眺めていた。道が悪いのか、バスは頻繁に気持ちの悪い揺れ方をした。運転手は僕に聞き取れないくらいの小声で何かをぶつぶつと一人で喋っていた。バスに乗っていたのは三十分にも満たなかったはずなのだが、僕にはそれが二時間にも三時間にも感じられた。ときおり見慣れない民家が目に入ると、乗るバスを間違えてしまったのではないだろうかと不安になった。廃神社のある小山が見えると、僕は胸を撫で下ろして降車ボタンを押した。

整理券と料金を運賃箱に入れてバスを降りようとしていると、運転手が怪訝そうに僕の顔を覗き込んだ。

「坊主、一人か？」

僕は努めてさりげなく答えた。「はい。本当ならもうバス停におばあちゃんが迎えにきてるはずなんですけど……」そういって停留所に目をやり、わざとらしい溜め息をついた。「まだきてないみたいですね。忘れられてるのかな？」

「一人で大丈夫か？」五十歳前後と見られる運転手の男は心配そうにいった。

「大丈夫です。おばあちゃんの家、すぐ近くですから」

運転手は納得した様子で頷いた。「そうか。気をつけてな」

バスがいってしまうと、僕はコートのフードを目深《まぶか》に被り、神社を目指して歩き始めた。すぐに山の入り口の目印となる案内看板が見えてきた。看板の説明によれば、山は標高三百メートルほどの小さなものらしい。

山に入ってから間もなく舗装路は途切れ、そこからは人一人がやっと通れる程度の細い砂利道《じゃりみち》が続いた。道脇の木々の枝は伸び放題になっていて歩きづらく、ところどころで倒木が道を塞いでいた。倒木からは苔《こけ》の他にも見慣れない赤茶色《あかちゃいろ》のキノコがびっしりと生えていて、僕はそれに触れないよう慎重に倒木を乗り越えた。

ようやく山の中腹まできたときのことだった。それまでまったくそんな気配《けはい》はなかったのに、にわかにぽつぽつと雨が降り出した。木々の枝葉が傘になっていたので雨音の割にほとんど水滴は落ちてこなかったが、次第に雨は激しさを増し、それまで枝葉が受け入れていた雨粒までもが一緒になって僕の上に降り注いだ。

そこで引き返せばよかったものを、僕はせっかくここまできたのだからと意地になって山を駆け上った。しかし、山道は僕が想像していたよりもずっとずっと長かった。当時の僕は、山道というのが麓から山頂まで最短距離で結ばれているものだと勘違いしていたのだ。神社の入り口の鳥居まで辿りつく頃には、メルトン生地のダッフルコートは雨水を吸って二倍くらいの重さになっていた。

立てつけの悪いドアを両手でこじ開け、僕は神社の本堂に逃げ込んだ。床に腰を下ろして気を緩めた瞬間、猛烈な悪寒に襲われた。ぐっしょりと濡れたコートを脱ぎ捨て、僕は壁にもたれて膝を抱えがたがたと震えた。こんな体調で午前零時まで待つなんて不可能だった。しかしこの雨の中を下山して停留所で次のバスがくるまで待つというのも、それはそれで自殺行為に等しかった。

屋根を叩く雨音に混じって、ぽたぽたと本堂内に水が滴る音があちこちから聞こえた。そこら中で雨漏りが発生しているのだろう。天井から漏れ出した水は次第に床全体に及び、じわじわと僕の体温を奪っていった。床の冷たさと心細さが相まって、僕の体の震えはますますひどくなった。歯ががちがちと鳴り、手足は芯《しん》から冷えて痺れ、七月だというのに凍え死にそうだった。

こんなところにくるべきではなかったんだ、と僕は後悔した。しかしもう遅い。行き先は誰にも告げていないのだから、助けがくるはずもない。バスの運転手は今頃僕が祖母の家に辿り着いて仲よく夕食をとっているとでも思っているだろう。もし本当にそうだったら、どれだけよかったことか。

三、四時間が経過しただろうか。気づけば雨音は弱まっていた。ある葉から落ちた水滴が別の葉に当たる音だけが余韻《よいん》のように聞こえ続けていたが、おそらく雨自体は止んだのだろう。本堂の中は真っ暗で、自分の手のひらさえ見えなかった。

体力は底をついていた。もう一歩も動ける気がしなかった。意識が朦朧《もうろう》とし、自分が誰で、どうしてここにいるのかもろくに思い出せなかった。確かなものは、身を凍らせる寒気と体の震えだけだった。

戸をノックする音が聞こえた。聞き覚えのある叩き方だったが、それがいつどこで聞いた音かまでは意識に上ってこなかった。ややあって引き戸が開き、途端、視界が光に覆われた。もう少しで恐慌をきたすところだったが、何者かが懐中電灯を持って入ってきたのだとわかると、安堵感で全身の力が抜けた。

「やっぱり、ここにいたんだね」

女の子の声だった。その声にもやはり聞き覚えがあった。顔を上げて姿を確認しようとしたが、こちらに向けられた懐中電灯の明かりが眩しくて目を開けていられなかった。

彼女は傘を閉じて水を払い、僕の前まで歩いてきて身を屈め、懐中電灯を床に向けた。それでようやく、僕は自分を迎えにきた人物の顔を見ることができた。

「陽介くん」と初鹿野は僕に呼びかけた。「私だよ」

僕は目を疑った。どうして初鹿野がここにいるんだ？ なぜ僕がここにいることがわかった？ いや、そもそもなぜ僕を捜していた？ 体調を崩して学校を休んでいたんじゃなかったのか？ 一人で山を登ってきたのか？ こんな夜中に？

しかしそれらの疑問について一つ一つ訊ねるだけの気力は僕には残っていなかった。

僕が衰弱しているのを見て取った初鹿野は、僕の肩に手を置いて「ここで待っててね、すぐに助けを呼んでくるから」というと、傘と懐中電灯を掴んで本堂を出ていこうとした。

反射的に、僕は初鹿野に追い縋ってその手を掴んでいた。彼女を引き止めた僕は、歯を鳴らしながら振り絞るようにいった。

寒い。

初鹿野は振り返って僕の手を見つめ、束の間《つかま》逡巡した。果たしてこのまま僕の手を振り解いて人を呼びにいくべきか、それとも一旦ここで僕に対応するべきか。

結局、初鹿野は後者を選んだ。傘と懐中電灯を捨て、僕の手を握り返してしゃがみ込んだ。僕は彼女が留まってくれたことにほっとして、その場に尻餅をついた。

「寒い？」と彼女は確認するように訊いた。

僕が頷くと、彼女は両腕を僕の背中に回して体を密着させた。

「じっとしててね」そういって、彼女は僕の背中を慈《いつく》しむように撫でた。「少しずつ、あったかくなるから」

初めのうち、雨に濡れている彼女の体はひどく冷たく感じられた。おい止めてくれ、そんなことをしたらよけいに寒くなるばかりじゃないかとさえ思った。でもそのうち、その冷たさは少しずつ麻痺していった。そして彼女の皮膚の内側にある熱がじわじわと伝わってきた。かちかちに強張っていた全身の筋肉がその熱によってじっくりと解されていき、損なわれていた様々な身体機能が徐々に活動を再開し始めた。芯まで冷えていた僕の体は、長い時間をかけて人間らしい温度を取り戻していった。

「大丈夫だよ」僕を温めている間、初鹿野は何度もそう繰り返した。「大丈夫だからね」

彼女がその言葉を口にするたびに、僕は強く励まされた。彼女が大丈夫というなら大丈夫なんだろうな、と馬鹿みたいに素直に思った。

どれくらいの間、そうしていただろうか。

あるとき突然、僕は体の感覚が正常さを取り戻していることに気づいた。それは平均的な七月の夜の気温だった。濡れた服のせいで少々肌寒くはあったが、それだけだった。

僕の震えが収まったのを感じ取ったのか、初鹿野が訊いた。

「まだ寒い？」

もう、寒くはなかった。僕の体は汗をかいてさえいた。けれども僕は「まだ、少しだけ」と答えた。もうちょっとの間、こうやって彼女の体温を感じていたかったのだ。

「そっか。早く、あったかくなるといいね」

僕の嘘を知ってか知らずか、初鹿野はそういって僕の頭を撫でた。

心ゆくまで温めてもらった後で、僕は彼女からそっと両腕を離した。

「委員長」と僕は彼女を呼んだ。

「何？」

「ごめん」

彼女はその一言で、僕のいいたいことを察してくれた。

「気にしてないよ」彼女は嬉しそうにいった。「いや、実をいうと、ちょっとは気にしてるかな。私は陽介くんに、しっかり傷つけられた。それは確かだね。でも、許してあげる」

「……ありがとう」

僕が礼をいうと、初鹿野は僕の頭を両手でぐしゃぐしゃと撫でた。

「ねえ、陽介くん。私が毎日陽介くんのもとに通っていたのは、陽介くんに学校に戻ってきてほしかったからなの」

「どうして?」

「どうしてだと思う?」彼女は首を小さく傾けて微笑んだ。「あのね、陽介くん。君は知らないかもしれないけれど、私は、陽介くんと話すのが好き。陽介くんの話を一方的に聞くのも好きだし、私の話を一方的に聞いてもらうのも好き。陽介くんと何も話さないで一緒にいるのも好き。陽介くんがいなくなると、すごく寂しい」

彼女はそこで言葉を切って一呼吸置き、うつむいて弱々しい声でいった。

「だから、勝手にいなくならないでください。……心配したんだよ?」

「ごめん」

それだけいうのが精一杯だった。

本堂の外に出ても、明るさは大して変わらなかった。雨は完全に止み、雲が晴れて月が出ていたが、今から歩いて山を下りるのは難しそうだった。仮に下りることができたとしてもバスがくるのは明日の朝だ。結局、僕たちはその廃神社で一晩を明かした。

今でも、はっきりと覚えている。あのとき、隣に座った初鹿野が夜空を指さしながら教えてくれた星の名前の数々。当時の僕には彼女の説明の半分も理解できなかったけれど、魔法の呪文《じゅもん》じみた星々の名前を彼女が口にするたび、僕の体は不思議な力で満たされていった。

「そういえば、委員長は体調不良で学校を休んでいたんだろう?」と僕は訊いた。「具合、悪くないか?」

「大丈夫。体調不良っていうのは嘘だから。本当は陽介くんの言葉に傷ついて落ち込んでただけだよ」

「悪かった。謝るよ」

「許してあげる」彼女は目を細めた。「……それでね、家でごろごろしてたら、陽介くんの親から『息子がそちらにお邪魔していないでしょうか』って電話がきたの。それで君が家を抜け出してどこかにいったことを知ったんだ」

「でも、どうして僕がここにいるってわかったんだ？」

「春頃に二人で交わした会話の中で、私が一度だけ、この廃神社を話題に上げたのは覚えてる？」

僕は思わず手を叩いた。「ああ、そういえば……」

「私、陽介くんってその手の非現実的な話は好きじゃないだろうなと思ってたから、廃神社の話に興味を持ってもらえたのが意外で、すごく印象に残ってたんだ。陽介くんがいなくなったって聞いたとき、ふとそのときの会話を思い出して、ひょっとしたらって思ったの」

「僕がここにいなかったらどうするつもりだったんだ？」

「午前零時ちょうどに、『陽介くんが元気になりますように』ってお願いするつもりだったよ」

　話が尽きると、初鹿野は立ち上がって唄を口ずさんだ。メランコリックで、でもどこか郷愁的なところもある旋律。『人魚の唄』だ。それまで僕は彼女が一人で歌っている場面に居合わせたことがなかったから、その歌声のあまりの美しさに言葉を失ってしまった。彼女の声は僕に、井戸の底の澄み切った冷たい水を連想させた。歌が終わったところで僕が拍手をすると、彼女はくすぐったそうに笑った。

それから僕たちは長い間何もいわず夜空を眺めていた。「中に戻ろうか」と初鹿野がいった。本堂に戻り床に寝そべってぽつぽつと意味のない言葉を交わしていると、つけっ放しにしていた懐中電灯の光が徐々に弱々しくなっていった。やがて電池が切れ、屋内は真っ暗になった。僕たちはどちらからともなく手を握り合い、朝がくるのを待った。

この日を境に、僕の世界の意味はがらりと変わってしまった。それまで「僕」と「それ以外」で成り立っていた世界は、「僕」と「初鹿野」と「それ以外」に変わった。そしてこの世界が生きていくに値する場所であるという根拠は、初鹿野ただ一人で十分になった。

人は、それを刷り込みのようなものだと笑うかもしれない。生まれたての小鳥が最初に見たものを親だと思い込んでついていってしまうという、あの現象だ。はたから見たら、僕は子供時代の思い出にいつまでも囚《とら》われている愚か者でしかないということだってあり得る。だがなんといわれようと構わない。多分、僕は死ぬまでこの記憶の幸福な奴隷《どれい》なのだろう。

第13章　君が電話をかけていた場所

瞬く間にときは流れ、気がつけば、賭けの期日である八月三十一日になっていた。

その日は朝から大雨が降っていた。僕の人生の最後の一日に相応《ふさわ》しい冴えない空模様だ、と僕は窓の外を見て思った。天気予報によれば、その雨は全国的に一日中降り続くようだった。テレビは傘をさした人々で溢れ返る都会のスクランブル交差点を映し、各地の予想降雨量を伝えていた。

僕と初鹿野は外に出ることを諦め、一日中、和室で寝転んだり、縁側で雨を眺めたり、テレビの災害情報を見たりして過ごした。最後の一日だからこそ、あえて特別なことはせず、ささやかだけれど確かな幸せを一つ一つ噛み締めようと思ったのだ。

夕方になり、納戸で見つけたターンテーブルでレコードを聴いていると、初鹿野が這い寄ってきて僕の背中に覆い被さった。僕の胸元に回された彼女の手には、果物《くだもの》包丁が握られていた。

「ねえ、檜原くん。私、この十日間、本当に楽しかったよ」と彼女はいった。「まるで夢みたいだった。夜になって布団に寝転んで明かりを消すとき、『これは自殺未遂で意識が戻らなくなった私がベッドの上で見ている夢なんじゃないか』って何度も思った。

次に目を覚ましたら私は病室にいて、一人ぼっちになってるんじゃないかって不安でたまらなかった。……でも、朝になって目を覚まして襖を開けると、檜原くんは必ずそこにいて、そのたびに私は『夢じゃなかったんだ』って嬉しくて嬉しくて、それだけで泣きそうなくらいだったんだ」

初鹿野はそこで言葉を区切った。

「……だから、お願い」

初鹿野は甘えた声でいい、僕の手に包丁を握らせようとした。

僕が無言でそれを拒むと、初鹿野は口を尖らせた。

「いじわる」

僕は彼女の手から包丁を奪い、台所に戻しにいった。再び納戸に戻ると、床に鳶座《とんびずわ》りしていた初鹿野は僕を見上げて訊いた。「血が出るのが嫌なの？」

「さあな」と僕は受け流した。

「私、絞殺《こうさつ》でも構わないよ」

「考えておくよ」

「それなら、最後まで檜原くんの体温を感じていられるからね」

「この数日で、もう十分味わっただろう」

「全然足りないもん。それに、量の問題じゃないよ」

「欲張りだな」

「そうだよ。今頃気づいた？」

初鹿野はそういって頰を緩めた。

彼女の目元から泣きぼくろが消えていることに気づいたのは、このときだった。僕は彼女に詰め寄って顔を覗き込み、それが見間違いでないのを確認した。

やはり、あの泣きぼくろは本物ではなかったのだ。初鹿野は小学校時代に編《あ》み出した救難信号を用いて、ずっと僕に助けを求めていたのだ。

「どうしたの？」初鹿野が目を瞬かせて訊いた。

僕は返事に詰まったが、数呼吸置いて、「なんでもない。気のせいだった」とごまかした。今の僕は檜原裕也なのだ。泣きぼくろの話を知っていてはおかしい。その話は深町陽介の管轄《かんかつ》であり――そして、彼が初鹿野の前に姿を現すことは二度とないのだ。

間近で向かい合っていると、初鹿野は何かを期待するようにそっと目を閉じる。僕は彼女の前髪を掻き分け、その額を指で軽く弾く。彼女は目を開けて不満げにそっぽを向く。その反応が小さな子供みたいで、僕の顔は思わず綻《ほころ》ぶ。

夕食を終えて外の様子を見にいくと、雨は小降りになっていた。僕たちは安楽椅子で夕刊を読んでいた芳江さんに一声かけてから家を出た。傘立てから傘を引き抜こうとすると、彼女は僕の手を押《お》し止《とど》めて首を振った。一本で十分、という意味だろう。肩を寄せ合って一本の傘に入り、家から二十分ほどのところにある海岸までゆっくりと歩いた。小さな灯台の明かりが見え始めた頃には、雨はすっかり止んでいた。僕たちは濡れた堤防の縁に腰かけ、細波《さざなみ》の音に耳を澄ました。

「檜原くん」と彼女は僕に呼びかけた。「実をいうと、一つ、君に謝らなくちゃいけないことがあるの」

「どういうことだ？」

彼女はゆっくりと深呼吸してから答えた。

「昨日の夜、日記を読み終えたの」

僕は呆然と彼女の顔を見つめた。「……どうして、そんなことを？　思い出すのはやめにしたんじゃなかったのか？」

「ごめんなさい」

初鹿野はうつむき、両手でスカートの裾をぎゅっと押さえた。

「それで、何が書いてあったんだ？」と僕は訊いた。

初鹿野は長い間、その問いへの返答をためらっていた。

僕は無理に水を向けたりはせず、彼女が自ら喋り出すのを辛抱強く待った。

そしてついに、彼女は話を切り出した。

「ねえ、檜原くん。今でこそ、私は檜原くんのことがどうしようもないくらい好きだけど、記憶を失う前の私は、そうでもなかったらしいんだ。少なくとも海に飛び込んで記憶を失うその瞬間まで、初鹿野唯は深町陽介くんに恋をしていたらしいの」

その一言で、僕の世界はひっくり返った。

開いた口が、塞がらなかった。

彼女は続けた。「日記によると、どうやら私、七月の中旬《ちゆうじゆん》にも一度自殺を試みていたみたい。高校のそばの神社公園で、首を吊って死のうとしたんだ。そのときに助けてくれたのが、陽介くんだったの」

それから初鹿野は、自身の目元を指さして僕に訊いた。

「私の泣きぼくろが偽物だってこと、気づいてた？」

僕は無言で頷いた。

「これはね、初鹿野唯と深町陽介くんとの二人の間だけで通じるサインなの。救難信号とでもいうのかな。何か辛いことがあって、けれども素直に助けを求めるのが難しいときは、目元に泣きぼくろを描くことで助けを求めよう、って決めてたんだ」

彼女は目元に手を添え、涙が伝う様子を表すようにすっと指先で頬をなぞった。

「別々の中学に進学して彼と疎遠になった後も、誰かの助けがほしいとき、私はおまじないみたいな気分で目元に泣きぼくろを描くようにしてたの。その習慣は記憶を失ってからも続いていて、自分でもどうしてそんなことをするのかわからないまま、毎日風呂上がりや洗顔後にペンで目元にほくろを描いてたんだ。……だから、高校に入学してクラス名簿に目を通してて、そこに深町陽介の名前を見つけたとき、私は天にも昇る気持ちだったみたいだね。『ああ、本当に陽介くんが助けにきてくれたんだ』って」

「でも」と僕は彼女の話を遮った。「でも、その頃の深町は、『自分は初鹿野に嫌われてるらしい』っていってたぞ？」

「うん。嫌っていたわけではないけど、距離を取ろうとしていたのは事実だよ」と初鹿野はいった。「あんな事件の後じゃ、合わせる顔がなかったからね。それに陽介くんには、小学校時代の私のことだけを覚えていてほしかった。今の私のみっともない現状を目《ま》の当《あ》たりにして、二人で過ごした日々の思い出を上書きしてほしくなかったの。……幸か不幸か、陽介くんは春休みに事故に遭ったせいで入学が三ヶ月遅れて、その間、私は彼の前に姿を晒さなくて済んだんだ」

彼女は反応を確認するようにちらりと僕に目を向け、それからまたすぐに正面を見据えた。

「数ヶ月後に陽介くんと再会したときは、本当にびっくりした。顔の右側を覆っていた痣が、綺麗さっぱりなくなっていたんだもん。そんな彼を見て、私は思ったんだ。『この人の足枷《あしかせ》になりたくないな』って。私の人生の惨状を知ったら、義理堅い陽介くんは、きっと何もかも投げ出して私の助けになってくれる。でも私は、せっかく痣が消えて偏見から解放された陽介くんの人生を、邪魔したくなかったの。だから、差し出された手を握り返したいのを我慢して、ひたすら彼を拒み続けたんだ」

「……その話、深町が知ったら、喜ぶと思うよ」と僕はいった。

初鹿野はにこりと微笑んだ。

「いくら私が距離を置こうとしても、陽介くんはつきまとってきてね。はっきりと私への好意を口にしてきたこともあった。私はその都度素っ気なく追い返すようにしてたけど……本心をいえば、自分でもわけがわからなくなるくらい嬉しかったんだ。『この人はまだこんなに私のことを想ってくれてるんだな』って考えると、頭がくらくらするくらい幸せな気持ちになれた。でも、陽介くんの好意に応えるのは、彼を騙しているようで気が引けた。それに、今の陽介くんには、私よりもっと相応しい女の子がいるだろうと思ったの」

「でも、最終的には、一緒に天体観望をする仲になった」と僕は補足した。

「まったく、意思が弱いよね」初鹿野は自嘲《じちょうてき》的にいった。「結局、私は誘惑に負けて、陽介くんと毎晩一緒に星を見にいくようになっちゃったんだ。心のうちでは、『もうすぐ自殺するんだから、最後にちょっとくらい夢を見たっていいじゃないか』って自分に言い訳してた」

「そして、僕と千草と出会ったんだな」

「うん。……正直にいうと、最初は、陽介くんとの二人きりの時間に水を差されたみたいで嫌だった。でも、話してみると、檜原くんも千草さんもすごくいい人で、あっという間に私は二人のことが好きになった。ただ、どうやら千草さんは陽介くんに気があるみたいで、私は二人の様子を見ていつもはらはらしてた。もちろん態度には出さないようにしていたけどね。千草さん、非の打ちどころがないくらい綺麗な上に性格もまっすぐだったから、いずれ私は彼女に陽介くんを奪われるんだろうなって思ってた」

初鹿野は夜空を仰ぎ、溜め息をついた。

「変な話だよね。ちょっと前までは陽介くんを遠ざけようと必死だったのに、いざ誰かに彼を取られそうになったら、悔しくて仕方ないんだ。私は二人の関係を応援しなきゃならない立場なのにね。……とはいえ、その一点を抜きにすれば、四人で過ごす日々はとても素敵なものだった。三人とも、そっぽを向いたまま近づいてきて手を握ってくれるような心地よい距離感の持ち主だったから、私は安心して肩の力を抜くことができたの」

「……だとしたら、どうして海に飛び込まなければならなかったんだ？」

彼女はうつむいて困ったような笑みを浮かべた。「人生を楽しんでいる自分が許せなかったんだ。二人を見殺しにした私が人並みに青春を謳歌《おうか》するなんて、間違ってると思った。それなのに、私はどんどん幸せを望むようになっていった。千草さんから陽介くんを取り返したいと切に願ってしまった。そんな自分の何もかもが嫌になって、私は、海に飛び込んだの」

話は、それで終わりらしかった。初鹿野は僕の顔を覗き込み、一連の話に対する反応を待っていた。

頭の整理が済んだところで、僕は訊いた。

「今も、深町のことが好きなのか？」

「うん」彼女は迷わず頷いた。「今でも陽介くんのことは好き。記憶は失くしちゃったけど、日記を読み返しているうちに思ったの。『ああ、私、この人好きだなあ』って。……でもそれは、家族や兄弟に向ける好意の延長線上にある『好き』なの。檜原くんに向ける『好き』とは、また別物だよ。私が生まれて初めて本気で恋に落ちたのは、お見舞いにきた檜原くんに抱き締められた、あの瞬間」

そういうなり、初鹿野は僕にもたれかかるようにして抱きついてきた。

どんな感情を抱けばいいのか、自分でもわからなかった。

ある意味では、僕がこれまでやってきたことは何もかも見当違いで。

ある意味では、僕がこれまでやってきたことは何一つ間違っていなかった。

そういうことなのだろう。

＊

しかし、話はここで終わりではない。

その夜、僕は魔女と出会う。

＊

目を覚まして最初に行ったのは時間の確認だった。いつの間にか眠ってしまっていたようだ。隣では初鹿野が僕の肩に寄りかかってすうすうと寝息を立てていた。腕時計は午後十一時五十六分を指していた。

あと五分もせずに賭けの期間が終わるというのに、僕は自分でも不思議なくらい落ち着いていた。多分僕は、この十日間のうちにほぼ一生分の幸福を享受できたのだ。だから焦る必要がないのだろう。やり残したことがないとはいい切れないけれど、これ以上を望むのは贅沢《ぜいたく》というものだ。僕の人生にしては上出来といってもいい。

初鹿野が眠ってくれているのは幸いだった。目を覚ます前に僕が消えてしまえば、彼女は決定的な瞬間を味わわなくて済む。死に際に飼い主の前から姿を消す猫のように、僕も初鹿野に気づかれないうちにひっそりと死ねたらいいと思っていた。

僕は時計の秒針の動きをじっと見つめていた。赤い秒針は一秒一秒きっかりと容赦なく今日を明日に近づけていく。このままではいつまでも文字盤と睨めっこを続けてしまいそうだったので、僕は腕時計を外して海に放り捨てた。それから初鹿野を起こさないように慎重に地面に寝かせ、足音を殺して歩いていき堤防の縁に立った。

時間はゆっくりと流れた。五分足らずの時間が、十分にも二十分にも感じられた。死を前にすると脳活動が活発になり自身の一生が走馬灯《そうまとう》のように脳裏を駆け巡るというが、それと似た現象が起きているのかもしれない、と最初は思った。

しかしそれにしても長い四分だった。残り時間が少なくなるにつれて一秒間の密度が増していくようだった。あるいは時間が一秒進むごとに明日がほんの少しだけ遠ざかっているように感じられた。このまま僕はいつまでも明日に辿り着けないのではないか、とさえ思った。永遠に亀《かめ》に追いつけないアキレスの話みたいに。

そのとき、背後で足音がした。

初鹿野が目を覚ましたのかと思って振り返った僕は、そこにいた人物を見て息を呑んだ。

意外だったのは、僕がその突如明かされた真実を前にして、ほとんど動じていないことだった。いや、動じていないどころではない。信じがたい話だが、自分自身の反応を見るに、僕は彼女がここに現れることを最初から知っていて、その瞬間をじっと待ち構えていたようだった。

もしかすると、僕はずっと前から、無意識のうちにその可能性を考慮に入れていたのかもしれない。

夜風が吹き抜け、彼女の胸元で美渚第一高校の制服のリボンが揺れた。

「お久しぶりですね、深町くん」と千草がいった。

「ああ。久しぶりだな、荻上」と僕は手を上げて応えた。

千草は堤防の縁に腰を下ろし、僕を上目遣いに見つめていった。

「煙草、いただけますか？」

僕はポケットから煙草を取り出し、最後の一本を引き抜いて千草に渡した。彼女がそれを咥えると、僕はライターを彼女の顔の前にかざした。しけた煙草が苦かったのだろう、千草はけほけほと咳《せ》き込んで眉《まゆ》を顰《ひそ》めた。

「やっぱりおいしくないですね」

僕は千草の隣に立ち、あらためて彼女の出《い》で立《た》ちを眺めた。それは紛れもなく、僕の知っている荻上千草だった。声も体も匂いもふるまいも、すべて記憶と完全に一致していた。

だが彼女こそが、僕を賭けに誘ったあの「電話の女」なのだ。

「あまり大きな声は出さないでくれ」と僕はいった。「初鹿野を起こしたくない」

「心配せずとも、彼女は夜明けまで目を覚ましませんよ」確信に満ちた様子で千草はいった。

「初鹿野に何かしたのか？」

「さあ。どうでしょうね」千草ははぐらかすように笑った。「それにしても、深町くん、私を見てもちっとも驚かないんですね。すごいなあ」

僕は初鹿野がぐっすりと眠っているのを確かめてから、千草にいった。

「ミスみなぎさは、代役が立てられたよ」

「ええ、知ってます」と彼女は頷いた。「どんな人でした？」

「写真しか見ていないけど、美人だったよ」

「ふうん」

「でも個人的には、前の人の方が好きだったな」

「そうですか。やった」千草は両手を上げて喜んだ。

僕はもう一度振り返り、初鹿野が目を覚ましていないことを確認した。

そして本題に踏み込んだ。

「一つだけ、わからないことがある」

「一つだけ、ですか。なんでしょう？」

「本物の荻上千草はどうしてる？　いや、そもそも荻上千草という女の子は実在していたのか？」

「ご安心ください」その質問を予期していたかのように、千草は即答した。「深町くんが病院で出会った本物の荻上千草は、あなたが退院した二ヶ月後に無事退院していますす。今は、遠くの町で元気にやっていますよ。……そして深町くんの想像している通り、高校で再会した方の荻上千草は、私が演じていた架空の人物に過ぎません。最初からそんな女の子は存在しなかったんです」

「……なるほど。それを聞いて安心したよ」僕は深く頷いた。「さあ、泡にするなり溺《でき》死《し》させるなり好きにしてくれ」

「そう急かさないでくださいよ。せっかく、こうしてまた会えたんですから」

僕は肩を竦めた。こうして種を明かされた後でも、目の前の千草があの電話の女と同一人物だとは信じがたかった。声が違うせい、というのはもちろんある。しかしそれだけではない。僕にとって荻上千草は無邪気さや無害さの象徴であり、一方電話の女は邪気や害の象徴だった。その二つがどうしても上手く結びつかないのだ。頭ではわかっているのだが。

「深町くんは、いつから私が怪しいと踏んでいたんですか？」と千草が訊ねた。

「わからない」僕は頭を振った。「ただ、あの朗読練習につきあわされたことがきっかけになっているのは確かだ」

「私がミスみなぎさに選ばれたのは、本当に偶然だったんですよ」千草は心底おかしそうにいった。「皮肉な話だと思いませんか？　この私が、よりによって人魚の役を演じさせられるなんて」

「ああ。確かに、皮肉な話だ」と僕は同意した。「なあ、荻上。ついでにもう一つ訊ねていいか？」

「まだその名前で呼んでくれるんですね」千草は嬉しそうに目を細めた。「なんでしょうか？」

「君があそこまで次々と僕を理不尽な目に遭わせたのには、単なる嫌がらせ以上の深い理由があったんだろう？」

「ええ。そうです」

彼女はゆっくりと頷いた。

「私は、今度こそ、幸せな結末の『人魚姫』にしたかったんです」

「……なるほど」

僕の口から乾いた笑いが溢れた。

「でも、その試みは失敗したみたいだな」

すると、千草が小首を傾げた。「……どういう意味ですか？」

「幸せな結末にはならなかった、ってことさ」

不自然に長い間が空いた後、突然千草が両手で口元を押さえて笑い出した。

「深町くんは鋭いようでいて、肝心なところで鈍《にぶ》いんですね」

「何がおかしいんだ？」僕はむっとして訊いた。

千草は深呼吸して息を整え、笑い過ぎて涙の浮いた目元を手でこすった。

僕には千草のいっていることの意味が理解できなかった。

彼女は背筋を伸ばし、あらたまった態度で告げた。

「おめでとうございます、深町くん。賭けは、あなたの勝ちです」

＊

先にも説明したように、吾子浜の人魚伝説は、福井に伝わる八百比丘尼《やおびくに》伝説《でんせつ》とハンス・クリスチャン・アンデルセンの『人魚姫』を混ぜ合わせたような話だ。吾子浜の小さな漁村で暮らしていた娘が、漁師をしている父親が獲《と》ってきた人魚の肉をそれと知らずに食べてしまい、自分でも知らぬうちに不老長寿の身となってしまうというところから物語は始まる。

それは、遠い遠い昔の話。

人魚の肉を口にしてから初めの数年間は、その娘の身に生じた変化に気づく者は誰一人としていなかった。彼女くらいの年齢で肉体の成長が止まるのはごく普通のことだったので、娘自身、自分が不老長寿になったとは思いもしなかったのだ。

だが十年も経つ頃には、誰もがその娘の特異な体質に目をみはることになった。同年代の女たちと比べて、彼女の肉体はあまりに若々しかった。まるで十五、六の少女のような白い肌と艶のある髪。それだけではない。人魚の肉を食べてからというもの、娘の体からはいわくいいがたい不思議な色気のようなものが発されるようになり、ぼんやりと光を放っているようにさえ見えた。当然、村の若い男たちは皆彼女に夢中になった。

しかし、数十年が過ぎ、同い年の人々の頭に白髪《しらが》が目立つようになっても娘が一向に老いる様子がないのを見て、村の人間もさすがにおかしいと感じ始めた。いくらなんでも変化がなさ過ぎる。ここまでくると、もはや「若々しい」なんて言葉では片づけられない。本当にあの女は人間なのだろうか？

さらに、数十年が過ぎた。その頃になると、娘の知り合いの大半は死んでしまっていた。それだけの年月が過ぎたというのに、彼女の肉体は依然として老いる気配を見せなかった。娘は数え切れないほどの人々の死に立ち会い、そのたび心をすり減らしていった。最後の知り合いが死んでしまったところで、娘は生まれ育った村を出ていくことを決めた。

不老長寿の娘は比丘尼となり、死を追い求めて国中を巡り歩いた。長い旅路の中で、いつしか彼女は法力を身につけ、その力を用い病人を癒したり貧しい人々の手助けをしたりして方々を回るようになった。しかし、永遠の生から解放されるための手がかりはいつまで経っても見つからなかった。気が遠くなるような年月が過ぎゆき、彼女は段々と自分の名前も思い出せなくなっていった。そうして自分が旅を続けている理由さえわからなくなった頃、娘は偶然にも故郷の村に辿り着いた。

——ここまでは、吾子浜の人魚伝説と八百比丘尼伝説との間に違いらしい違いはない。より厳密な話をすれば、八百比丘尼伝説は福井以外の地にも伝わっており、地方によっては主人公が長者の娘だったり人魚の肉が謎の男によってふるまわれたことになっていたりするが、不老長寿となった娘が比丘尼となって全国を行脚し最後に故郷に戻ってくるという点は皆一緒だ。

八百比丘尼伝説は、この後娘が入定《にゅうじょう》したところで幕を閉じる。しかし、吾子浜の人魚伝説についていえば、むしろここからが話の本筋なのである。数百年かけて故郷の漁村に帰り着いた娘は、他人の死を看取り続けるだけの人生に疲れ、人との交わりを絶って海の中で生きていくことを決める。しかし困っている人間を見ると手を差し伸べずにはいられず、遭難した船を岸まで戻してやったり溺れている人を助けてやったりしているうちに、いつしか彼女は海の神として村で祀られるようになる。

ある夜、娘は嵐に遭い溺れていた若い漁師を助ける。漁師はほとんど意識がないにもかかわらず娘に礼をいい、その手を強く握り締める。この出来事がきっかけで、娘は何百歳も年下のその漁師に恋をしてしまう。彼が漁に出てくるたび、彼女の胸の鼓動は高まる。そのとき、彼女は十六歳の少女そのものになっている。

それから数年が経ったある日、娘のもとを若い人魚の娘が訪れる。人魚は彼女の法力の助けを借りたくてここにきたという。話を聞いてみると、どうやらその人魚は人間の男に恋をしてしまったらしい。人間になってその男と共に暮らしたい、そのためならどんな犠牲でも払うと人魚はいう。娘は若い漁師を想う自身の心境に人魚の心境を重ねて同情し、尾ひれを人間の脚に変えてやる。人魚の恋している男と自分の恋している漁師が同一人物だとも知らずに。

別れ際に人魚はいう。「よりによって漁師に恋をしてしまうなんて、私は何を考えているんだろう？　私の母親は漁師に殺されたというのに」。それを聞いた娘は思う。ひょっとすると、「漁師に殺された母親」というのは、私の父親が獲ってきたあの人魚だったのではないか？　あのとき私が食べたのは、彼女の母親の肉だったのではないか？

人魚の想い人というのがあの若い漁師のことなのだとわかったとき、娘は自分の行いを悔やんだ。しかし人魚の恋路を邪魔するわけにはいかなかった。彼女の母親の肉を食べてしまった私には、彼女の幸福に貢献する義務がある。それがせめてもの贖罪というものだ。

こうして若い漁師は人魚と結ばれる。二人は幸福な日々を送る。そこには不幸のつけ入る隙などないように見える。しかし、そこには運命の皮肉があった。ある日、人魚は夫に自分のすべてを知ってもらいたいという欲求を抑えきれなくなり、自分がもともとは人間ではなく人魚であったことを漁師に打ち明ける。これが悲劇の発端となる。漁師は幼い頃に嵐で両親を亡くしていたのだが、当時その村では、嵐は人魚の唄によって引き起こされるものだと信じ込まれていた。それゆえ彼は人魚を親の仇として深く憎悪していたのだ。

自分の妻が人魚だったと知った漁師は、絶望して荒れた海に身を投げた。人魚はそれを助けようとして海に飛び込んだが、尾ひれを失った彼女にはもはや一人の男を抱えて泳ぐだけの力はなかった。不老長寿の娘が駆けつけた頃には、二人はとうに溺れ死んでしまっていた。娘は嘆き悲しみ、それ以後、一人海の底でひっそりと暮らすようになった。

それが、吾子浜の人魚伝説の概要だ。

だが、千草はつけ足す。

「そして数百年が過ぎ、久しぶりに海の外を見にいった娘は、そこで溺れかけていた少年を助けます。あの若い漁師とどこか似た雰囲気を持つ少年は、何を思ったのか、その日から毎日のように海を訪れるようになり、娘はそんな彼のことを次第に気にかけるようになります。少年はある女の子に恋をしていて、けれども自分は彼女に相応しい人間ではないからとその気持ちを胸のうちにしまい込んでいるようでした。彼の力になってやりたい、と娘は思います。今度こそ、上手くやってやろう。あのときのような過ちは犯さない。私はこの少年の恋を、最良の形で成就させてやるんだ、と」

＊

「僕の勝ち？」

僕が訊き返すと、千草は頷いた。

「ええ、そうです。あなたは数々の逆境を乗り越え、見事、初鹿野さんと両想いになったんです。自分では気づいていなかったようですが」

「どういうことだ？」僕は思わず声を上《うわ》ずらせた。「そんなはずがないじゃないか。だって初鹿野は……」

千草は被せるようにしていった。「深町くんが考えているほど、初鹿野さんは鈍い人間じゃありませんよ。あなたが檜原裕也の名を騙る深町陽介であることなど、彼女はとうに見抜いています」

唖然として、言葉が出てこなかった。

「先ほどの長い話は、初鹿野さんの遠回しな告白です。今までもずっと好きだったし、今はもっと好きだということを目の前にいるあなたに伝えようとしていたんです」千草は肩を竦めた。「そんなことにも気づかなかったんですか？」

両脚の力が抜けて、僕はその場にへたり込んだ。その反応を見て千草はくすくす笑った。

「彼女としても、騙されていることにした方が、色々と都合がよかったんですよ。正面を切って深町くんに好意を表明するのはためらわれたけれど、『深町陽介演ずる檜原裕也』になら、気兼ねなく自分の想いを伝えられたんでしょうね」

ここ数日間の初鹿野とのやりとりが、僕の頭の中を駆け巡る。

あのときも、あのときも、あのときも。

初鹿野は、僕の正体に気づいた上で、僕の好意を受け入れてくれていたのか。

僕は仰向けに寝転がり、片手で顔を覆った。「馬鹿みたいだ」

「ええ。馬鹿みたいです」と千草が同意した。

「つまり、何もかも、最初から僕のために仕組まれていたんだな？」

「そういうことです」

僕は手をどけて訊いた。「それにしても、どうしてあんな回りくどい方法を取ったんだ？　ただ僕の恋を成就させたいだけだったら、痣を消す必要もなかったし、荻上千草として僕の前に現われる必要もなかったはずだろう？」

「二人には、ありとあらゆる困難を経験してもらいたかったんですよ。初鹿野さんの共感を得る上で最高の武器となるはずだった痣を奪ったのも、荻上千草の姿を借りてあなたの気持ちを揺さぶろうとしたのも、初鹿野さんを殺す以外に助かる方法がないという状況を作ったのも、二人がそれを乗り越えていけることを証明してほしかったからなんです」

「……なるほどな」と僕はいった。「そういえば、荻上から届いた手紙に『二人で生き残る方法』が書かれていたけれど、あれも罠だったのか？」

「ええ。初鹿野さんがあなたの正体を見抜けたのは、十日間、あなたが彼女につきっきりだったからです。もし手紙に従って『電話の女』を探すという選択をしていたら、二人で過ごせる時間はずっと少なくなって、今日までに初鹿野さんが深町くんの正体を見抜くことは不可能になっていたでしょうね」

僕は納得しかけたが、そこでふと新たな疑問を覚えた。「でも、一度だけ、わざわざ僕と初鹿野の電話を繋げて二人で話す機会を作ってくれたよな？　あれはなんだったんだ？　ただの気まぐれか？」

千草は困ったような顔で頰を掻いた。「あれは完全に私の想定外でした。まさか顔を焼こうとするなんて思わなかったんですよ。そんなことしたって、なんの意味もないのに。あまりに的外れな行動に呆れてしまいましたが、同時にちょっと感心しました。

初鹿野さんのためにそこまでやれるのか、と。その無謀さに免じて、十分間だけ初鹿野さんと電話をさせてあげることにしたんです。……ところで、灰皿ありますか？」

「持ってない。ここに入れてくれ」

僕が煙草の空き箱を差し出すと、彼女はにやりと笑い、吸い殻を自分の手のひらの上に乗せて僕の目の前に掲げた。次の瞬間、吸い殻は白椿《しろつばき》の花に変わっていた。僕の手品とは違って、種もしかけもないのだろう。彼女は花を僕に手渡し、得意げな顔をした。白椿を鼻の前にかざすと、微《かす》かに甘い匂いがした。

「檜原が少し気の毒だな」僕は花を見つめたままいった。「あいつは荻上のことがずいぶん気に入っていたみたいだった」

「そうなんですか？」千草は手のひらを合わせて目を丸くした。「でも、ご心配せずとも、夜が明ければ私のことを覚えている人間はいなくなりますよ」

「それは、僕も例外じゃないのか？」

「ええ。嬉しいでしょう？」

僕はその問いには答えたくなかった。正直に答えても嘘をついても、どちらにしろ後悔する気がしたのだ。

「私、ずっとあなたを騙してたんですよ？」と千草が穏やかな口調でいった。「きっとこんな風にふるまえば深町くんの心は揺らぐだろう、って内心ほくそ笑みながら架空の『荻上千草』を演じていたんです。あなたはもっと腹を立ててもいいんですよ」

「……確かに、そうなのかもしれない」僕は白椿から視線を外し、立ち上がって千草に向き直った。「だが、それでも僕は、荻上と過ごす時間が好きだったんだ。そして多分荻上も、僕と過ごす時間が嫌いじゃなかった。そうだろう？」

「……痛いところを突きますね」

千草は僕の胸に額をこつんと当て、感情を押し殺した声でいった。

「深町くんは、やっぱり悪人です」

「お互い様さ」と僕はいった。

千草は顔を上げ、悲しげに笑った。「最初は、単なる当て馬の役割を果たすつもりで深町くんに近づいたんです。でも、荻上千草を演じ始めてから半月が過ぎた頃、私は自分がその演技を心の底から楽しんでしまっていることに気づきました。私の作り出した架空の人格に、私自身が飲み込まれてしまったんです。演技に入り込み過ぎて、私は自分の正体を忘れてしまうことさえありました。深町くんと過ごしているとき、私は昔のことは何もかも忘れて『荻上千草』でいられたんです。……でも、まあいいです。失恋なんて、初めてのことじゃありませんからね。こんなことでは傷つきません」

彼女は僕の胸から離れると、堤防の縁を背にして立ち、ゆっくりと夜空を仰ぎ、それからあらためて僕と向き合った。

「最後に、種明かしをしてあげましょう。私が消した深町くんの顔の痣ですが、実をいうとあれは最初から、放っておいても自然に消えるはずだったんです。私は、その時期をほんの少し早めただけ。何もしていないも同然なんですよ」

僕は少し考えて、首を振った。「その〝ほんの少し〟が重要だったんだ。あの再会の時点で僕の顔に痣が残っていたら、僕と初鹿野の関係は、もっと共依存的で破滅的なものになっていたと思う。だから、ありがとう」

「どういたしまして」千草は目を細めた。「……さて、深町くん。私がいなくなっても、気を抜かないでくださいね。あなたにはまだ、最後の仕事が残ってるんですから」

「最後の仕事？」

千草は小声で何かを呟いた。僕がそれを聞き取ろうとして彼女の顔に耳を近づけると、千草は背伸びをして僕の右頰にそっと唇を押し当てた。

僕が驚いているのを見て満足そうに微笑んだ直後、千草は堤防の縁から飛んだ。僕は反射的にその手を摑もうとしたが、間に合わなかった。そして次の瞬間、僕は彼女が海面に着地するのを見た。着水ではない。彼女は水の上に着地した。まるで水面の一センチ下に透明な床があるかのように、彼女は海の上を音もなく歩いていった。僕は呆然と立ち尽くし、その背中を見送った。

十メートルほど歩いたところで、彼女は振り返った。

「さようなら、深町くん。こんなに楽しい夏は初めてでした。唯一の心残りも消えたことですし、これでようやく、私は私自身にけりをつけられそうです」

直後、目を開けていられないほどの突風が吹いた。

風が止み、僕が再び目を開けたときには千草の姿は消えていた。

＊

水平線が橙色に染まり、空の紺色との境目にうっすらとした黄緑色《きみどりいろ》が見えた。早朝のひぐらしやスズメが鳴き出し、次第にものの輪郭がはっきりし始める。朝日にきらめく海面に、太陽から伸びた白い光の筋が水平線と直角に境界線を描く。地表が温められて朝凪《あさなぎ》が生じ、長い間肌に感じていた風がぴたりと止んだ。

初鹿野が目を開いた。僕の膝の上で眠っていた彼女は、僕の顔を見ると嬉しそうに微笑み、「よかった、まだいたんだ」といって体を起こし、僕が本当にそこにいるか確かめるかのようにぎゅっと僕にしがみついて頬ずりした。

「なあ、初鹿野。どうやら僕は、まだ死ななくて済みそうなんだ」

「……本当？」

「本当さ。僕はこれからも、ここにいていいらしい」

「いつまで？」

「いつまでも」

「ずっと？」

「そう、ずっとだ」

「嘘じゃない？」

「ああ。もう初鹿野に嘘をつくのは止めたんだ。だから初鹿野も、もう僕に騙されているふりはしなくていい」

数秒の沈黙の後、腕の中にいる彼女の体温が急速に高まっていくのを感じた。

「陽介くん？」初鹿野はおそるおそる訊いた。

「そう」僕は頷いた。「もう檜原じゃない」

初鹿野は顔を上げて至近距離から僕の瞳《ひとみ》を覗き込んだ。

「おかえりなさい、陽介くん」

「ああ。ただいま」

初鹿野は両手を僕の背中に回したまま、気恥ずかしそうな笑みを浮かべて瞼を閉じた。

僕は千草に教わった〝最後の仕事〟を遂行した。

エピローグ

こうして僕の十六歳の夏は終わりを告げる。九月に入ると少し前までの暑さが嘘のように涼しくなり、瞬く間に美渚町に秋が訪れる。

初鹿野は再び美渚第一高校に通い始め、小学校の頃のように僕と登下校を共にするようになる。記憶喪失が治るまでにはまだまだ時間がかかりそうだが、彼女は何もかもが新鮮に感じられるその状況を楽しんでいるようだ。ときどき、僕のことを「檜原くん」と呼びかけては申し訳なさそうにしている。

初鹿野はもう泣きぼくろを描かない。その代わり、何か嬉しいことがあったとき、ペンで頰にほくろを描くことがある。

「それは何ぼくろなんだ?」と僕は訊ねる。

「笑いぼくろだよ」と彼女は答える。「私が本当に嬉しくて、それを陽介くんに知ってほしいときに出す合図なの」

「なるほどね」

僕は彼女の手からペンを受け取り、自分の頰にも同じようなほくろを描く。

初鹿野が一年三組に馴染むまでは長い時間がかかりそうだ。だが彼女は焦っていない。一つ一つの物事を慎重に見極め、それが自分という人間にとって何を意味するのかを用心深く判断した上で行動を選択するようにしている。

最近、クラスメイトの永洞《ながほら》は、やたらと初鹿野にちょっかいをかけるようになった。記憶は残っていなくても、心のどこかでは千草の不在を寂しがっているのかもしれない。初鹿野は彼に話しかけられるたびに困ったような顔で僕に助けを求めてくるが、永洞が嫌いだというわけではないようだ。一度、本人のいないところで「話していると疲れるけど、いい人だよね」といっていた。僕も概ねそれに同意だ。

夏休み明けに調べてみたところ、美渚第一高校に存在するあらゆる記録から荻上千草の名前が消えていた。最初から、この学校にそんな生徒は存在しなかったことになっていた。クラスメイトの誰一人として千草のことを覚えていなかった。初鹿野にも訊ねてみたが、彼女の日記帳でも同じ現象が起きていた。千草に関する記述は軒並み消え去り、彼女がいなくても日記が成り立つように改変が加えられていた。数日後、僕は一人で千草の家を訪れたが、かつて千草の家があった場所は雑草だらけの空き地になっていた。

その後も様々な形で調査を続けたが、美渚一高にいた荻上千草のことを覚えているのは、今や僕一人のようだ。彼女なりに何か意図があって、僕の記憶だけは残してくれたのだろう。彼女の狙いがなんであれ、僕はそれを嬉しく思う。

そういえば、この前、初鹿野が綾さんと一緒に出かけているのを見た。二人ともぎこちない表情をしてはいたが、姉妹仲はそれなりに良好なようだ。初鹿野の家にいくと、ときどき寝間着姿の綾さんが挨拶しに出てきてくれる。彼女は僕と初鹿野の関係の進展について知りたがるが、僕はそれについては曖昧にごまかし、代わりに雅史さんとの仲はどうなっているのか訊ねる。どうやら彼の立場は相変わらず綾さんの使い走りで止まっているらしい。

「悪いやつじゃないんだけどね」と綾さんはいう。「なんだかどこまで本気だかわからなくて、こっちも反応の仕方に困るのよ」

今度彼に会ったら綾さんの不満をそれとなく伝えてあげよう、と僕は思う。

近頃、檜原と二人で遊びにいくことが増えた。中学時代のような悪さをするわけではないが、バッティングセンターでジュースを賭けて対決したり隣町のボウリング場にいって他人のゲームを見物して勝敗を予想し合ったりと、どこまでも無益な時間を二人で過ごしている。

十月の半ば、僕は本物の荻上千草が今どうしているかを確かめにいった。彼女は電話の女が演じていた千草とは見た目も中身も微妙に異なっていて、良くも悪くも年相応の、どこにでもいそうな女の子になっていた。一時間ほど話をしてから別れてそれっきりなのだが、そのとき偶然同伴していた檜原が彼女に興味を持ったらしく、その後も二人で連絡を取り続けているらしい。不思議な巡り合わせもあるものだ、と思う。

今でもときどき、僕と初鹿野は檜原を誘って三人で天体観望にいく。千草のいた頃の記憶が消えたおかげで、檜原の初鹿野に対する敵意も解消されたようだった。鱒川旅館の廃墟はつい最近取り壊しが決まって中に入るのが難しくなったので、最近ではよりよい天体観望スポットを探して三人で夜の町を歩き回っている。

未だに、公衆電話のそばを通り過ぎるときには無意識に身構えてしまう。またあの晩のように突然ベルの音が鳴り響き、謎の女が僕の心の秘密をいい当てて、賭けを持ちかけてくるのではないか。しかし、次にまた彼女から電話がかかってきたとしても、僕は賭けには乗らないだろう。もう一度声が聞きたくて、つい会話には応じてしまうかもしれないけれど。

最後に、もう一つだけ。

最近、宿村《やどむら》さんの妹から連絡があった。防風林で幽霊を探していた、あの女の子だ。

僕が受話器を取るなり、彼女は電話越しにも伝わるほど興奮した様子でいった。

「おにいさん。私、幽霊、見つけちゃったわ」

一体なんの話かと訊き返したのだが、彼女は「おにいさんには内緒」といって電話を一方的に切った。

近々、僕は彼女の話を聞きにいくつもりだ。

あとがき

最近、「サマー・コンプレックス」という造語に関する短い文章を書いたら、驚《おどろ》くほど大きな反響《はんきょう》がありました。世の中には「自分は一度として〝正しい夏〟を送ったことがない」という感覚を抱いている人たちがおり、彼らは夏を強く感じさせるものを見るたび、自分の夏と〝正しい夏〟とがかけ離《はな》れていることを痛感して憂鬱《ゆううつ》を味わっている――こうした傾向を僕は便宜的にサマー・コンプレックスと名づけたのですが、このとき何気なく使った〝正しい夏〟という一見捉《とら》えどころのない言葉が、一部の層の心を摑《つか》んだようでした。多分、これは〝正しい春〟でも〝正しい秋〟でも〝正しい冬〟でもなく、〝正しい夏〟だったからこそ多数の賛同を得られたのだと思います。

正しい夏。誰《だれ》に教わったわけでもないのに、まるで前世の記憶《きおく》のようにはっきりと頭の中に存在する、ある種の懐かしさを伴う夏の原風景。そのヴィジョンが明確《めいかく》であればあるほど、またそのヴィジョンに自覚的であればあるほど、そしてそのヴィジョンと自分の経験《けいけん》してきた夏との乖離《かいり》が大きければ大きいほど、サマー・コンプレックスは深刻なものとなります。しかも、どれだけ強く求めようと、結局のところ〝正しい夏〟なんてものは頭の中にしか実在しません。種を明かせば、〝正しい夏〟の正体はそれまでの人生で感じてきた無数の「こうだったらよかったのに」の複合体です。〝正しい夏〟を再現しようとする試み――それは初めから負けの決まったゲームなのです。たとえるなら、夢の中でしか会えない女の子に恋をするようなもの。現実に存在しない正しさに悩まされるというのも奇妙な話ですが、いかに馬鹿《ばか》げたヴィジョンであろうと、たった一度でも「ひょっとしたら、この世界のどこかにはそういう夏を送ったことのある人間が存在するんじゃないか」と考えてしまったら、その瞬間《しゅんかん》にヴィジョンは現実と同等の重みを獲得するのです。

僕の中にも〝正しい夏〟が存在していて、それは十四歳くらいの頃《ころ》からずっと僕の心を掻《か》き乱し続けています。今こうやって僕が夏の物語を書いているのは、せめて物語という枠組の中で〝正しい夏〟を完全な形で再現してやろうという足掻《あが》きみたいなものなのかもしれません。自分の気持ちに適切な名前をつけることができると、それだけで気分がちょっと軽くなるものです。僕は僕の夏を適切な言葉で語ることによって、その重みを少しでも和らげようとしているのだと思います。

三《み》秋《あき》 縋《すがる》

三秋　縋　著作リスト

スターティング・オーヴァー（メディアワークス文庫）
三日間の幸福（同）
いたいのいたいの、とんでゆけ（同）
君が電話をかけていた場所（同）
僕が電話をかけていた場所（同）

本書は書き下ろしです。

メディアワークス文庫

僕《ぼく》が電話《でんわ》をかけていた場所《ばしょ》

三《み》秋《あき》 縋《すがる》

2015年9月24日　初版発行
2024年10月30日　20版発行

発行者　山下直久
発行　株式会社KADOKAWA
〒102-8177　東京都千代田区富士見2-13-3
0570-002-301（ナビダイヤル）
装丁者　渡辺宏一（有限会社ニイナナニイゴオ）
印刷　株式会社KADOKAWA
製本　株式会社KADOKAWA

●お問い合わせ
https://www.kadokawa.co.jp/（「お問い合わせ」へお進みください）
※内容によっては、お答えできない場合があります。
※サポートは日本国内のみとさせていただきます。
※Japanese text only

※定価はカバーに表示してあります。

Printed in Japan
ISBN978-4-04-865442-5 C0193

メディアワークス文庫　https://mwbunko.com/

本書に対するご意見、ご感想をお寄せください。

あて先
〒102-8177　東京都千代田区富士見2-13-3
メディアワークス文庫編集部
「三秋 縋先生」係